杀的黄岗镇

马东旭　著

河南文艺出版社
·郑州·

图书在版编目（CIP）数据

父亲的黄岗镇/马东旭著. —郑州：河南文艺出版社，2020.6（2022 .5重印）

（文鼎中原）

ISBN 978-7-5559-0999-6

Ⅰ.①父…　Ⅱ.①马…　Ⅲ.①散文诗-诗集-中国-当代　Ⅳ.①I227.6

中国版本图书馆 CIP 数据核字（2020）第 072929 号

出版发行　河南文艺出版社
本社地址　郑州市郑东新区祥盛街 27 号 C 座 5 楼
邮政编码　450018
承印单位　河南龙华印务有限公司
经销单位　新华书店
纸张规格　890 毫米×1240 毫米　1/32
印　　张　10.375
字　　数　206 000
版　　次　2020 年 6 月第 1 版
印　　次　2022 年 5 月第 2 次印刷
定　　价　50.00 元

编委会

目　录

第一辑　葛天笔记

第二辑　父亲的黄岗镇

第三辑　姐姐，我转动所有的经筒

第四辑　申家沟及其他

附录

第一辑　葛天笔记

在古葛梨乡

三月，我站在古葛大地。

心灵震撼而欢愉。

欢愉的血将我推向富足的峰巅。

我是一个富足的人，我望着太阳从东边的金顶阁缓缓升起。将花儿安放在额头，蝴蝶环绕于肉身。我怀念先人的遗训，我探源故国的遗址。原始的大象，飞向了哪里？

二十万亩的梨园里芳香四溢。

我不见古人，不见来者。

但闻人的语言。

（原载《大河报》2017 年 11 月 30 日）

明 月 照 酒

我们都是葛天氏之民欤。

是其为我们开辟了甜蜜的世界。

提高了幸福指数。在豫东，我言秋日胜春朝，它的天地大美，圆融如一。粮囤高过窗棂，梨果飘出奇异的香，归栏的羊群反刍神的密语。

明月照酒。

明月也照着我。

与喜欢的人在一起，说丰年，谈梦想，相拥而眠。葛天氏的灵息飞旋于古老的申家沟，星云微动。

（原载《大河报》2017 年 11 月 30 日）

　　　　　　　　　　　　　　父亲的黄岗镇

圣鸟飞落

玄鸟身着黑色的礼服。

落满枝头。

盯视着豫东平原的枯荣，在古时，我们称此地为葛天之地，这里有一个部落，是葛天氏。鸟一开口，就是悦人的圣辞。这是我们信奉的圣鸟，它的眼睛里藏着永恒的仁慈和爱。

它庇佑着无垠的净土。

它唱赞着亘古的河流，淌过四季和无数的村野。岸草沉寂，又无限蓬勃。圣鸟飞落，是天穹的一次裂合。

（原载《郑州日报》2017年12月8日）

分　辨

它在黎明之光中盘旋。

在屋顶盘旋。

在人语鼎沸的上空盘旋，偶尔起落于牛羊的脊背，它黑色的翎羽在辽阔中显而易见。如此漆黑，从头部至尾部，像泼向空气中的一点黛色。这是苍天恩赐于平原的圣鸟。

举头三尺有神明。它就是神明。

分辨天下的美与丑，善与恶，忠与奸。我默默合十，闭上双目，额顶渗出智性之泉。

（原载《郑州日报》2017 年 12 月 8 日）

　　　　　　　　　　　　　　　　　　　父亲的黄岗镇

葛天穹庐

我爱这草苫的屋宇。

抵御北风和野兽的侵扰。我爱这拙朴的四根柱子，没有雕梁画栋，支撑着四个方向的尘沙。我在"葛天草庐"的前方开一扇门，又开一扇窗，看人世的衰老病死和伤痛。看云卷云舒，河流冒着烟气。

圣鸟掠过枝头的葱郁。

美丽的羔羊啊，正凝视远方的远方。

（原载《郑州日报》2017 年 12 月 8 日）

葛天氏之乐

葛天氏之乐，是向大自然的致敬，是人间的祝词。

我信劳动的双手，信伟大的良知和先人的训言。在五月，我们的粮仓闪耀，我们的牛羊撒欢儿，蝴蝶花长满千岩万壑。我听见圣乐，不可否认的是遍地欢愉。

在豫东平原，我有十万个遐想：葛花一样的女人，白蜡杆一样的男人，在洁净的云朵下歌唱幸福。

原始的秘密不言而喻。

天穹无边，仿佛被他们自己所拥有。

（原载《郑州日报》2017 年 12 月 8 日）

　　　　　　　　　　　　　　　　　父亲的黄岗镇

葛 天 氏

葛天氏，在自然的苍茫中闪现。

他向飞鸟学习鸣唱，唱风调雨顺，唱五谷丰登，唱人间的良心和静美，川谷为之荡波。在他的胸脯上我找天籁回旋。我打开黎明之光的第一道门，饮下甜蜜。

不辜负人间的大好时光。

读古文，唯陶渊明《归去来兮辞》一篇足已。

听圣乐，在豫东平原飘逸了千年。

（原载《郑州日报》2017 年 12 月 8 日）

那　一　年

那一年那一天那一刻。

风露娟娟。

自由的羔羊长到了云上。

是豫东平原永恒的遥想，可以确认杜公的草堂，刘郎的陋室，是对"葛天草庐"的承袭。在三月，我诵明月之诗，春水一江付之东流，但淡紫的葛花开始燃烧。葛花，是葛天氏之民信奉的圣花，托举着圣辞。

这是我最终的归园田居之所。

与亘古的王为邻。

与人类最美的槐花、麦田、草滩融为一体。一生一世活在仁慈的清圆中。

（原载《郑州日报》2017 年 12 月 8 日）

　　　　　　　　　　　　　父亲的黄岗镇

长　江　路

我是少年。

我是隐者，你寻隐者不遇。

在桃花的另一面，我放牧涌动的羊群与白鸽。于这静好的人间，我张开双臂，哼唱古老的葛天氏之乐，每一阕的内在都藏着一种崇高的精神。桃花欲燃，照耀淳朴的爱情。经过长江路，我走向亲爱的白房子静默如迷。我命令花好遇见月圆，小湖闪烁。

我们生。我们爱。我们死，死去活来。在此处，我们善良如小麦，温暖如羊群，欢愉如鹊笑鸠舞。幸福的闪电啊高过天堂，但我漠视上帝，也漠视魔鬼。

花香滂沱，占据了我和平原上的葛天圣地。

（原载《嘉应文学》2019 年第 11 期）

长亭别宴

以梨花为镜。

在梨花的白里看到圣洁细小，看到平芜带天，看到青旗沽酒，看到田园香径，看到春山可及，看到玄鸟驮着轮子一样大的斜阳西下。梨花万亩，梨花的态度也是做人的态度，不掺一点杂质。

为君持酒。

喝张弓老曲吧，有着乡愁的味道。

于此长亭别宴，我们觥筹交错，不问清明和谷雨。曹君饮后就去横槊赋诗了，他打他的江山，没有归期。剩下的人在花间做梦、烂醉、留影、玩蛇写字。

万亩梨花开到一半时就化为一个深邃而寂静的词，对抗色彩斑斓的废话。

还有那惊心的鸟语。

（原载《大河报》3 月 25 日）

辘轳湾的桃花说开就开

与桃花饮酒。其实是与桃花里的仙子饮酒。

与另一个裂出的自己饮酒。但不许饮酒落泪，不许说出肉身的五蕴之苦，只说有种幸福叫地久天长。辘轳湾的水说不上清与不清。但它的苍穹蓝得没有边际，比蓝还蓝。每一朵桃花说开就开，说红就红，皆是中国古老的红。

三月，万物开始唱诵。

而我独爱这朴素的平原，浪漫的蜂蝶，自在的牛羊，这美丽的生命惊艳了时光。于此我选择归园田居：调素琴、阅金经，与宁静的草木融为一体。

是的，是这十里桃花洞开了我的虚怀若谷。

（原载《大河报》3 月 25 日）

风月同天

在古老的葛国。我的清静的草舍。

叫葛天穹庐，可以挡住世俗的风雨。那穿过苍茫的葛天氏之乐，可以安抚一切心灵的忧伤。我放养的十万匹骏马奔驰在平原。我种植的种种花，包括葛花、桃花、梨花、指甲花，散出种种光和馨香，托举着伟大不朽的圣王。人间四月，它们生长于此。

从辘轳湾延至葛伯屯，它们怒放。

它们凋零。

它们结出甘甜的果子。它们只剩光秃秃的枝干，伸出枝干去抓天空。忽有一种轮回。

万物在祈愿中。

皆有风月同天的命运。

（原载《大河报》3 月 25 日）

最高的信仰

穹庐，我们最高的信仰。

葛天穹庐，我们最美丽的僻所，散着奇异之光，弥漫着泥草的馨香，玄鸟鸣唱，溪流鸣唱。在四月，我们乘凉。在腊月，我们囿于一方，怀揣温暖，这让我想到无限遥远的部落。

隐于桃花源。

对人间事，不闻一二。

高贵的屋宇源于藏着一颗拙朴又干净的心。这父亲的营地，这精神的粮仓。仁立在申家沟，恋着牛群羊群，恋着八百亩纯洁的云朵，犹如智者。

葛花摇曳

葛花盛开在豫东平原。

葛天氏，今为飞仙七千年。

我翻阅典籍中的圣乐琅然，每一阕都贴近人类的心灵。我伟大的祖先，从不指点江山、挥斥方遒，从不弯弓射雕。他喜欢干净的自由。

他贤良的思想笼罩在金色中。

一念一瞬。

徜徉于一日挨磨一日的美好时光。逐水草而居的部落于此没有负重，只有轻盈如燕翼如风荷举如葛花摇曳在天堂。

父亲的黄岗镇

听　命

总有一种闪亮的植物。

穿越黑暗。

它的名字叫葛花。总有一种圣乐，响遏流云，它的名字叫"葛天氏之乐"，在豫东平原舞之蹈之，烂醉于花间。总有一种高尚的思想，洗沐人间，我说的是伟大不朽的仁义。我听命于葛天氏古老的圣训。他告知我，要享用这个世界的美好时辰，要用妙音拆解人类的孤独之窗。

我躺在草苫的屋顶上，我无语。

我只安静地仰望苍穹的高远，如此深邃。

生命的底色

生命没有开端。

亦没有尽头。

安歇，只是轮回的一个过程，一个点。在我的精神的圣地葛天。我是流水，下山非有意。我是云片，归洞本无心。

我来过，头顶一把黄罗伞。

脚蹬葛天屐。置身于美丽的四季，黄淮冲积而成的大平原。我望见千树万树梨花白，犹如白马起伏，这才是生命的底色。

此刻，我忘记前定的悲喜。

想到远古的独醒人，深怀感动。

　　　　　　　　　　　　　　父亲的黄岗镇

有 一 种

在葛天圣地有遍地的黄花。

有清冽的井水，有自在的羔羊，有发出妙音的乌鹊，有十万个海子在春天复活，十万亩草场开出鲜艳的花儿。

有一种感念，在感念中。

有一种疼痛，在疼痛中。

有一种美丽，在美丽中。

有一种浮想，在浮想中。

有一种祈愿，在祈愿中。

我的古老的心情，被十万朵白云飘过。我的精神的父土被十万缕馨香覆盖。

我　　执

我的孤独是伟大仁慈的豫东平原。

是古老的葛天圣地。

是丰饶的申家沟。

是三月奔驰的骏马。是九月闪耀的粮仓。是腊月无际的素净，大雪纷飞。坐在僻静的屋顶我就是大雪纷飞的人，这殊胜之所，动了修止，静了修观。

倘若我烦扰，那只是"我执"的缠绕。倘若我欢愉，那只是昙花一现的幻觉。细算浮生，不可有千万绪。

陋　室　铭

葛天穹庐。

这未来人类追寻的屋宇。我们的时间藏在里面，我与最美的爱人虚度时光，又不能虚度时光。凡所有相，皆是虚妄，又不是虚妄。我们养儿育女，织布耕田。我们过素朴的生活，没有誓言。

此时，十月的平原。

黄沙漫天。

心若没有尘埃，一间陋室便可以装下天与地，可以让爱如朝露如清泉。我们的穹庐是草积而成，伫立于神意之地。我们的心灵，飘荡在自由之巅。

除了空还是空

九月，在葛天圣地。

天下万物皆有裂隙，皆有弥合的方法。来和去，都由自己做主。对于我们，我们只是吃瓜群众。日子谈不上完美，但秩序井然。我的秋季在欢愉里：金黄的玉米闪耀于屋檐。洁白的马匹嘶鸣于马厩。

于此，除了岑寂还是岑寂。

除了孤独还是孤独。

除了空还是空。

除了无尽还是无尽，在无尽之上是时间。是我的归宿，安顿着一颗良心，有时有枝头可依，有时无枝可依。

村庄是一个银项圈

坐在平原的屋顶。

我看到雁群。我有仰仗青天的权利，它的浩浩无垠令人敬畏。我的大地，闪烁着九月的丰饶，菜园丰盈而美丽。我的羊圈发出窸窸窣窣的声响，它在反刍慢下来的时光。

村庄是一个银项圈。

对于我，挂在脖儿颈。

我沉迷于这清贫的欢乐，不思忖人类的意义，一寸相思一寸灰。我寻求自由，我就是自由本身。双手捧住落叶纷纷，这闪亮的一刻，绝对是人间大美。

犹如捧住一座小小的金色圣殿。

念天地之悠悠

十万只玄鸟。

从《诗经》里飞出。

十万声悦耳的声音，如梵呗，响遍葛天圣地。十万道黑色的闪电起伏，照耀着十万条河流，在春天醒来。

十万座村庄在黎明时飘出了炊烟。

弥漫着十万个传说。我的葛天氏部落曾经的伟大与辉煌，曾经的升平和歌舞，在七千年后留下人间最美的忧伤。我的圣乐是源初，演绎成花鼓戏，扎根在神秘的申家沟。

生生世世。

我们是我们自己的

葛天的太阳。

从万亩葛花园冉冉升起，照耀着牛栏、古榆、草庐的圆顶。我与心上人在光下洗沐、饮食，耕读传家。有时化作蝴蝶穿梭于人间，扇动一下翅膀。

我们是我们自己的山巅。

我们是我们自己的草木。

我们是我们自己的深谷。

我们是我们自己的细埃。

我们是我们自己的多余。

我们是我们自己的月亮，有圆有缺。

我们是我们自己的罪恶，也是我们自己的谎言。

我们是我们自己的稻田，喂养自己。

我们是我们自己的金殿，照耀生命中的黑暗和渠沟。

我们是我们自己的神，在苍茫的豫东平原，朴素地生长，从不复述沧桑。只在宁静中，摸索生命的清欢。

圣　地

三月的葛天圣地。

梨花万顷，燃烧着白。

我于花的怀抱中起舞弄清影，哦，何似在人间。我像庄子无心，撵着归栏的羊群，望着飘袅的炊烟。风起花落，花落时才能理解生之一瞬。只有圣乐永恒，永恒晃荡着泉水。

有人唱着八阕，飘荡在无限静谧的村野，是多么纯粹。举杯吧，梨花落后正清明，不谈韶华易逝。

一杯茶水中藏着海宇。

那不朽的妙音接近神的箴言。

在岑寂处

我一生未曾离开圣地。

这无为的父土。

我成为人的丈夫，我读贝叶经，我饮张弓酒，我吃一口金顶谢花酥梨。万亩荷花，盛开在申家沟。每一朵花上都落座着菩萨。他能看清我内心的清与浊。

草庐，是我们最美的圣殿。

马灯，是我们最亮的佛光。

玄鸟之声是人间最悦耳的妙音。我与亲爱的人荷锄而耕。在岑寂处，唇贴着唇，手抚着手，一颗心紧靠着另一颗心。这就是我们的爱不需要海誓山盟。

不 惧 时 光

苍天般的葛天。

阳光充沛。雨水丰足。

这是我的故乡，辽阔无边。麦田连着麦田，草滩连着草滩，桃园连着桃园。我感恩明亮的事物，我宽恕黑暗里的蚊虫，我敬仰土地庙里供奉的白玉奶奶。

我望月只是望月。

并不怀远。

我登高只是登高。

并不念天地之悠悠。

在亘古又仁慈的平原我像一个心无杂虑的人没肝没肺地活着，不惧时光。

父亲的黄岗镇

星斗连着星斗

草庐四周。

是来自四个方向的神语。夜长昼短的冬季，人语很少。这夜的宁谧似乎有点惶恐。这是一个没有语法的世界。

一颗心是一条路。

通向未知的森林的秘境。我仰望故园的星斗。星斗连着星斗嵌在高高的穹顶，照开肉身的混沌。我会忘掉一切，又忘不掉一切。

人与人类之间，少了沟通。

人与自然之间，多了谎言。

但置身远天远地的葛天圣土，我依稀聆听到圣乐八阕，每一阕都充满了美好的慈愿。

凡 心 撩 动

葛天氏，你精神的月光。

照耀着平原。

我被喂养。在九月，你俯身谛听苍茫大地的物语。十万亩梨果挂满枝头，十万只自由的羔羊徜徉于辽阔的草滩，这片令人敬畏的家园没有纷争，我的凡心撩动。

有一泓泉水叫申家沟。

有一方净土叫青岗寺。

有一座不朽的故国遗址叫葛伯屯。

我们练习解开自己。我们在解开什么？手和脚，还是思维方式？生命的真实如同鲜亮的花朵，摇曳在人的世间。

父亲的黄岗镇

遥　念

在古老的黄河岸畔。

我赞美葛天氏，我赞美丝绸般光滑的梨花如幻。每一刻皆是干净的时刻，皆是对谷神与自然的唱颂。

我们懂得感恩，遇见五谷丰登的土地。谷穗闪烁着金黄。飞鸟的欢愉不受樊笼的限制。在深深的夜里，我听到人间妙音，我辨不清字词，但我知道它是生命的真言。

葛天氏，中国永恒的舞神歌神。

我追慕你。

我遥念你。

我祭拜你。

我藏在你的传说里度过童年。

及 时 雨

除了雨。

一无所有。

在豫东，在古葛，在黄岗镇，在申家沟。我们需要这场及时雨来填充十月。这是佛光普照的平原，冬小麦开始吐绿，牛脊上飘着金黄的叶子。

我是桑烟，混混不开。

但我牧养着一条灵魂的银河多么纯净。

如果继续落雨，像浩大的缅怀。我会变得更加宁静。我不开口，我让万物替我说出对这个世界最真最诚的爱。

　　　　　　　　　　　　　　　　父亲的黄岗镇

总有一种神明护佑着

我说葛天氏。

是中国最美的神，美如神。透过古老的典籍我感知这伟大不朽的灵魂。他的良善和质朴。

在黄河岸畔，梨园万顷。

千树万树梨花开时。

紫色的葛花也在燃烧。有人舂麦粒，有人捣衣，有人诵诗，有人操牛尾唱着葛天氏之乐。

雀鸟归巢时，这位仁慈又威严的君王。

护佑着暮光之下辽阔的平原。

暮晚的星子

在宁寂的大地。

我聆听圣音，寻觅远古的踪迹和蒲草。葛天氏之乐是一个谜，葛天氏是一个谜。传承七千年的妙音，通过鸟鸣依然响彻我们的草庐之上。

天蓝得犹如大海。

云白得犹如羊群。

水绿得犹如翡翠。

暮晚的星子穿过黑色的空气，照于万物。我说古老的王披着葛布，坐在星子之上，眸子闪亮。他能看见人的生老和消亡。

仿照古人

闭目在万亩梨园。

蓦然听见你的圣乐。

这人类之夜的梵呗渗透空间，是人间的祝词，让我心中充满无限感动。开眼见明，我看见千树万树梨花开，它的白犹如不染尘埃的雪。

我不言说。我不指点古时的江山。

也不指点新的江山。

我一点一点搬运体内的渣滓，不戚戚于贫贱。我仿照古人，做葛天氏之民欤。

天穹无边，仿佛被我自己所拥有。

四月梨花开

我想搂住这白。

这梨花。

点燃人间最美的四月。每一朵花都是一盏白炽灯，照耀着我们内心的空寂。梨树是王，梨树枝头的葛天氏是更崇高的王。这万顷梨园犹如葛天氏的莲花座，圣洁无瑕。他毫无怨言地庇佑着我们精神的领地。

梨花开，扑向苍宇。

梨花落，春带泥。

在葛伯故国，我肯定是一个痴情的人眷爱这流蜜之土。雀鸟啁啾，好像是神的真言。

　　　　　　　　　　　　　　　　　　父亲的黄岗镇

第二辑　父亲的黄岗镇

麦　子

一株痛苦的麦子，在苦雨中浸泡。

只有光，将它喂饱。

只有父亲，与它同呼吸。譬如，麦子悲伤，父亲以悲伤盖住自己的脸。坚实的父亲，孤独，不可言说。风开始劲吹，大地献出的丰饶。

风吹。圆穹上长出的白云。欢愉地流淌。

哦，麦子在谷水故道上歌唱，被落日染得一身金黄。神啊，黄金也命令父亲歌唱。白鸽的飞翔，仿佛隔着千米的静寂，是一颗清洁之心，穿越无边无际的蔚蓝，蓝得有点疯狂。且让青筋滚滚的父亲，热血沸腾，唱出自足的芒。颤抖了一次。再摇曳一次。

暮光之麦田显得多么清澈、无邪，泛出层层清香。

（原载《诗潮》2013 年第 12 期）

与父亲书

一边汲水，一边唱圣歌。

咒语连绵。

若黄金的雨，缝向大地，裂绽。是的，你在豫东平原，荒凉地存在，背负着乌鹊和苍茫的天宇，仿若就要长成草木的姿势，长到寺庙的屋顶。头顶卷起白银，面颊淌着黑色的溪流。你攥紧手心的空气，不敢放松。

在悬浮与混乱的人间，我嗅到你身上棺椁的味道。可我还想细心听你讲述世界的命运、不朽的灵魂，怎样对抗黏滞的谎言、不义与阴影。像一个落第的星象大师。

我和我们的嘴唇，被锁在巨大的黑色之中。仅有你将黑暗，充满喉咙。

并以虚弱的手掌。

引出仁慈之水，将我们的申家沟覆盖。

（原载《诗潮》2015 年第 3 期）

父亲的黄岗镇

每一个时辰都是奇迹

天穹低垂。

抚着尖顶的白蒿。

风吹，怎能不乱。

我将这样描述父亲：不再发号施令、替神逡巡于贫穷的村庄。寿斑，构成了繁星密布。世俗的悲伤，纷纷撤离。三年困难时期，半尺厚的黄土啊，挖不出一根救命的茅草，这样的日子早已远去。光与暗的每一个时辰都是奇迹，惠特曼说。

活着的每一寸生命都是奇迹。

都是细小的天体。

于大千世界中，孤单旋转。

（原载《扬子江》2016年第6期）

想 念 父 亲

父亲，土地是你恩宠的一部分。

我和母亲是你恩宠的另一部分。六月的申家沟，田畴开始吐出绿玉杖。哦，那是一根根绿色的骨头支撑故土的屋宇。

此刻，静默的穹庐。

就是我的孤独。

它突然裂开，长出更多的孤独。

在黑夜与白昼之间的全部时辰，我迷恋远方，并阅尽远方的苍寂。但不能忘记埋头土里的父亲。他蜷缩的人生的平凡与伟大。我多想借着央塔贝克什的风，吹去其脸颊上的尘土。

泛着黑色和黑色。

（原载《诗潮》2017 年第 4 期）

父亲的黄岗镇

黑　夜

夜，无所顾忌的黑。

而父亲醒着，一个人待在谷仓。和他唱诵的经文，裹挟在一起。只有墙上的镰刀，可以收割他黄金的蜜语；只有平实的灯盏，令其如此深邃且处在自足之中。张开双臂，他对着陈年的麦粒和玉米、红薯干，隆隆扑打。崇高与卑贱融为一体。最后闭上红莲花的眼睛，享受生命的灵息，在旋转。

仿佛一只移动的药罐子，抛下俗世的标签，扑向星空。

如佩索阿所言：我明白我自己，我不存在。可以把这句箴言比喻成一具精致的棺木。

——能吸走万物倦怠的肉身。

夜，浓得已开始变淡。

（原载《诗歌月刊》2015 年第 11 期）

也曾少年

我的父亲也曾少年。

在纯净之地黄岗镇守护着羊群。

他的眸子犹如羊的眼。那时他怀着青春和梦想，迷恋祖国的大好河山。那时他念着古老的家训，唱着葛天氏之乐。蓬勃又热烈，全身长着自由之羽。

六十年过去，岁月生锈。

只有尘埃洗沐着尘埃。

没有永恒存在。

我说的是，没有永恒的苦念存在，也没有永恒的喜乐存在，但有仁慈与洁净的信仰，让我们懂得人间的真善和美。

（原载《郑州日报》2018 年 8 月 8 日）

人类是尘埃的一部分

父亲，你总是叙旧。

想到从前的清泉，车马和古朴的屋顶。你说，屋顶上住着神兽，哦，美丽的神兽。你说，不能把枝头的柿子全部卸落，也要给乌鹊留点口粮。你说，在无限的尘埃里，人类是尘埃的一部分。

也是无限的一部分。

祖先的血液永存，通过我们的肉身延至后代。你说，举头三尺有神明，神是长着眼睛的。父亲，你在蒿草遍布的黄岗镇守着寂寞。冬日的鹅毛大雪真的有些像鹅毛，洗沐我们的马厩和尖顶。

（原载《郑州日报》2018 年 8 月 8 日）

时光也料理着我们

我相信。

在我们的家园，没有疼痛的词语。

十万亩麦田托举着金顶，十万条河流游于娑婆世界。父亲，你没有誓言，没有大的清净愿，但有一颗仁慈如水草的心。

你沉默寡言。

向自己身体里的殿晨祷。

早安，古老的乡镇，适宜炊烟飘袅。牛羊成群，它们将跑进人类巨大的胃。父亲，我们料理着时光，时光也料理着我们。你看：绿树村边合，在无声中长成美丽的棺木。

（原载《郑州日报》2018 年 8 月 8 日）

饮　酒　醉

父亲，我们饮酒。

不言生死。

仿佛生死距离我们非常遥远。在黄岗镇，我们过着简朴的日子。马匹在马厩里嘶鸣，桃花在房前开成奇异的云阵。我们金顶永固，我们河清海晏。

但蒙尘的双目。

看不透因，也看不透果。喝着喝着我们就安静了下来，满天星斗。满怀自在，是一滴睡眠靠着另一滴睡眠。

（原载《郑州日报》2018年8月8日）

梯　子

　　父亲，你是一架梯子。

　　你是我的一架梯子。

　　血色天梯。父亲，你是我的一架血色的天梯。父亲，你还是一粒埃尘，我是另一粒飘浮的埃尘。我们是两粒埃尘，在古老的青岗寺，在永恒之地，我们活着，像青莲活在圣洁中。

　　我们落泪，抱着金黄的麦束。

　　我们落泪，抱着柔软的白色的干草。

　　今天我们在天宇下耕种、锄草，滚烫的汗水滴下。凝视群鸟，在枝头栖落。

（原载《郑州日报》2018 年 8 月 8 日）

　　　　　　　　　　　　　　　　　　父亲的黄岗镇

跫　音

冬日，大雪中的黄岗镇。

依然空荡。

亲爱的父亲，你是风雪夜归人，是我最崇敬的人。在世上，你是苦念的人，母亲是另一个苦念的人，于沉香的飘逸中，母亲沉默，母亲没有恐惧。她从经书里翻卷出光和一颗仁慈之心。

但她的孤独如海。

连着海。

父亲，我和母亲不需要你衣锦还乡，唯愿听到你熟悉的跫音。

（原载《郑州日报》2018 年 8 月 8 日）

承　受

我听见隐伏的蛙鸣。

这个夜晚足够寥廓，仿佛被我一人所占有，黄岗镇是父亲的异乡，但是我的出生之地，净土之地。父亲让我一棵独苗扎根于此，开枝散叶，让我孤寂地在平原上悲喜。

这被风吹得摇晃的槐木。

迟早会开出花朵。

洁白无瑕。

我相信，我能承受它细腻的清香。同样能承受它的荒凉。

（原载《郑州日报》2018年8月8日）

很 多 时 候

很多时候，我知道你陷入了孤独。

犹如一根木头。

在古老的乡村，羊群挤着羊群，人类发出喧嚣。你任凭风暴卷起千堆雪，吹破我们的屋顶，烟熏火燎。父亲，我们是我们自己的灵魂之羽，我们是我们自己的天堂。

我们是福光的孩子。

是两座岛屿相连。

我们听命于身体里的神，乐此不倦地活着，日复一日。

（原载《湖州晚报》2019 年 6 月 26 日）

原　谅

新的一年。

我饮酒食肉，用古老的诗文唱出一个美丽的国度。父亲，我们的生命是独一无二的，屋顶于曦光中闪烁，草木蓬勃。

但我对不起一只芦花大公鸡。

它命令我每日起床。当我用斧子砍向它的脖儿颈时，它附着一个怎样的灵魂被撕裂，忍受了多少疼痛。我自己像是一座阴森的地狱。父亲，请原谅我把它偷吃了。

四时万物，皆有果报。

（原载《湖州晚报》2019 年 6 月 26 日）

　　　　　　　　父亲的黄岗镇

父亲想到他的父亲

除夕之夜。

我与父亲两人饮酒醉。

父亲想到他的父亲，我对其一无所知。他生于民国，在黄岗镇开枝散叶。我们谈起他吃糠咽菜的一生，死于肺癌。

青草覆住他的瘦骨嶙峋，青草就是他的裹尸布。天空是他的另一层裹尸布。

说着说着，悲伤就噎住了我们。

填满了我们的三间草屋。

（原载《湖州晚报》2019 年 6 月 26 日）

亘古之地

我歌颂这亘古之地。

神圣的家园。

这天蓝得自在，飞鸿悠悠。这石榴花开如霞蔚。这涓涓的申家沟乃是源初。我在一滴水里窥视人生。槐树长成槐树的样子，盛开的花只能叫槐花，它唤醒我们甜蜜的记忆。

尘世庞杂，又凉薄。

没有谁能放下悲欣，看清自己的脸孔。只有河流能完整地交出河流，只有青岗寺的尖顶静静伫立。

（原载《湖州晚报》2019 年 6 月 26 日）

我 看 见

父亲，你是我的岸。

你的嘴角闪烁着祈祷文。

在申家沟，我看见百舸争流，千帆竞发。看见雁群飞过金顶，沉香是人间最美的香。看见少年如幻，攥着洁白的羔羊。我看见老祖母沿着河岸浣洗。洋槐花抱紧于枝头，枯藤发出新芽。

父亲，你远走的心异常坚定。

烟花三月。

你不去扬州，去郑州。携着申家沟的穹庐和干粮。

（原载《湖州晚报》2019 年 6 月 26 日）

一切充满着定数

一花一世界。一叶一如来。

你用竹篱围成的院子，种着指甲花、石榴花、太阳花，种种花色，种种异香，在夏日盛开如初。你的忧患暗藏于花下，你的疾苦沉寂于屋檐，你不曾开口倾诉。身如何得清净？

比如对着无际的田野呐喊。

比如对着高高的金顶独祷。

一切充满定数，和不定数。

（原载《散文诗》2020 年 1 月上半月刊）

一日三餐

父亲，我们是水草。

自有顽强的生命力。

在广大如海的苍茫尘世，我们分辨黑白与善恶。我们无能为力去垂怜什么，再漫长的黑夜，其前面也有一抹光亮。我们仅仅是为一日三餐，为屋漏堵上一只瓦片。没有思维，没有头脑，没有想象。

最可怕的是没有信仰。

漏风的木窗总有一股恐惧之风吹来，裹挟着绝望。在这个雷声轰轰的夏夜。我醒着，小心翼翼地复活。和父亲，和村庄，和河流。

（原载《散文诗》2020年1月上半月刊）

黎 明 时 分

你就是我的精神的领地。

父亲。你就是我的一面旗帜，守着永恒的家园。一些人背井离乡，又衣锦还乡。一些人西出阳关，再无故人。你田居于最后一片净土，我们的黄岗镇在三月开满花朵。

河流回旋于黄淮平原，散发出光芒。几粒鸟鸣从金顶飞远，如圣辞。这是黎明时分的青岗寺。父亲，你翻开你的黄金经卷。

缄口不语。

（原载《散文诗》2020年1月上半月刊）

布谷声声慢啊

在逐渐苍老。

我说的是父亲掘井而饮，耕田而食，一辈子从未歇息。父亲，你的天下之事是侍弄稼穑之事和养儿育女。布谷声声慢啊，布谷声声翠啊，黄河到海不复回啊。

时光如白驹过隙。

劳苦的父亲，你没有敬拜的菩萨，我去叩伏。你没有刈获的五谷，我磨刀霍霍。你没有唱诵的法门，我去摸索。哦，八万四千法门。父亲，人到古稀，要释怀，要守着七八个星天外的安宁和自在。

（原载《散文诗》2020 年 1 月上半月刊）

我想和你说说

父亲，时光在炊烟上空飘逝。

我想和你说说我的挂碍和恐怖，活着即是美好，也令人
倦怠。我不想掩饰自己的忧伤，它与七月三日正午倒伏的玉
米相匹配。

你混了一辈子。

还是没有混出名堂。古稀之年如老骥伏于枥，或许志在
千里，但我听不到你内部的十万嘶鸣。最担心平原的漫漫黄
土，突然封住了你的嘴巴。

（原载《散文诗》2020 年 1 月上半月刊）

仿佛我就是空

父亲，玉米地的尽头。

皆是空寂。

仿佛我就是空，只有站在申家沟的岸畔才能自在。我是一个人繁华，一个人飘零。有时，我的身体里有一支将领招兵买马，有四个方向的马匹奔腾，有铁板琵琶唱大风，大风起兮云飞扬。

但这一刻。

我没有发出叹息，一只金雀自玉米棵的顶端升起，金色金光。我称之为太阳，它真的就是太阳。

（原载《散文诗》2020 年 1 月上半月刊）

这 一 刻

风雨大作。

能否涤荡心底的尘埃。

这是午夜，每一滴雨都落在了玉米棵上。

在我的安宁之乡，雨是最真的颂词。

我喜欢黑夜，我喜欢捧读着经书踏进黑夜的内部。

在一盏青灯下。

我想到了我的虚妄，所有的真相也是假象。父亲，我也想到你的执念、人类的贪嗔痴。这一刻，我才知道什么是清凉世界，天地大美而无言。这一刻，我是一滴雨抱着另一滴雨，亲吻大地。

（原载《散文诗》2020 年 1 月上半月刊）

真　言

我的黄岗镇。

即是我的庙宇。

一只白鹿穿过，在父亲的营地索取水。四月的梨花盛开，香气洗着平原的屋顶。平原大得可以容纳三教九流，但容不下六神无主的人。

我们都是有主心骨的人。

我相信一定有一种什么力量，在护佑着我们。万亩梨花造出仙子，在有序的世界里，歌八阕，每一阕都是最美的真言。

（原载《散文诗》2020 年 1 月上半月刊）

祈　祷

我想抓住你的双手。

抓住你粗犷的臂膀，我喜欢祈祷，喜欢以祈祷进入每一个良夜。闭上双目，也能看见天宇的秘密。星宿满天。

父亲，有人说你与石头一起飞跃。

然后不知所终。

那一刻，你干净的双手一定触到了奇异的金顶，它闪耀着世间的仁慈。你一定遇见了另一个洒脱的自己，在山水之间，在世间的凹陷中，我心存悲痛。

（原载《散文诗》2020年1月上半月刊）

宿　命

其实是父亲安身立命的土地。

这一亩三分地。

但它无法满足我们全家六口人的口粮。七月大旱，心灵有了更深的裂隙，如钧瓷般。父亲，你靠强大的意念活着，祈盼圣雨。

来得猛烈一些，让崇高的朽坏的玉米棵在大水中复活。我相信父亲是智者，但不知如何释放面朝黄土背朝天的宿命感。

热浪翻滚，扑向父亲衰老的面庞。

（原载《散文诗》2020 年 1 月上半月刊）

梵　音

每天都在死去。每天都在醒来。

时间的玫瑰映红日落，日落西山。平原的父亲啊，形如槁木。梵音轻抚他灰白的头发，和我们粗糙的屋顶，梵音消失了。

梵音没有消失。

停驻于文明纯净的血脉之中。父亲，玫瑰开始凋萎，它静默的红色的花瓣在风中四散。仿佛一件伟大的杰作。

（原载《散文诗》2020 年 1 月上半月刊）

初秋之夜

金顶，金光闪耀。

谛听人间的默祷吧。一滴水弥足珍贵，它即是我们信奉的颂词。七月旱之殇，这只无形的兽跑进豫东平原的腹部。马齿苋也蔫巴了。

蝉鸣暗哑。

我的村庄惊惶悲痛。古老的水井看不见星辰的微博荡漾。此刻，是夜半三更，父亲还睁着眼睛仰望苍宇，但我看不清他脸颊上的泪痕。

唯有蚊虫乱叮。

（原载《散文诗》2020 年 1 月上半月刊）

孤 独 的 树

父亲，你是一棵孤独的树。

我是另一棵。

孤独的树生长在永恒之地黄岗镇。我没有黄罗伞，我是我自己的黄罗伞。你没有凉纱轿，你是你自己的凉纱轿。我们一起收割麦子，从麦子中倾倒黄金的蜜语。父亲，我们好像是人类中的异类，活着的力量都是因为信仰。

父亲与我一起信奉。

我们被经文充满，又被经文托举。

在豫东平原，亲爱的父亲。我们是两棵岑寂生长的槐木向上攀缘。

漫　长

这是黄岗镇。

一个镇里藏着无限的麦田、蝴蝶、羊的头盖骨，但我不以羊的头盖骨为酒杯，饮酒落泪。这座海拔五十米的古镇，有人信奉十方三圣佛，有人信奉孔儒之道。我的父亲在殿前缄默无言。

漫长的晌午来了。

漫长的三更灯火来了。

漫长的黎明来了。

他咂摸着他清欢的生命。

像一堆搁置多年的草垛，冬日的风让他卷曲。春天又让他重回新鲜，有时冒出几片新的草叶。

晚来天欲雪

父亲，你没有给我们留下什么。

过去没有，未来也不会。

你拖着倦怠的身子，空乏的脑袋是一片真实的荒芜。你是一只黑蚂蚁，没有远行的抱负与理想。你醒着，接受无常。你入眠，有时梦想颠倒。

雪，说落就落了下来。

天，说黑就黑了下来。

能饮一杯无？万籁俱寂时，我才能听到你细小的呼吸犹如凄婉的虫鸣。

黄 岗 镇

这是张迁的黄岗镇。

这是典韦的黄岗镇。

这是文正公的黄岗镇。

这是五万人民的黄岗镇。这是父亲的黄岗镇。这是寂寂无名的黄岗镇，这是十万亩麦子的黄岗镇。这是十万只白羊的黄岗镇。这是河清海晏的黄岗镇。这是泪雨天雨交加的黄岗镇。这是悲欣交集的黄岗镇。这是精神之域的黄岗镇。这是我们起始的黄岗镇，也是我们归去来兮的黄岗镇。

在这一生一世的苍茫的黄岗镇。

蝼蚁有蝼蚁的模样，神有神的道场。万物散出各自的光：白光、赤光、紫光、柠檬光。只有黑槐树散发着黑光。

尝　试

我说父亲。

你在世界上的消失不会留下任何痕迹，但你是独一无二的，在这个世界上，正如我们的家园黄岗镇。我如此惭愧，太阳晒黑你的面颊，雨水浇湿你的双臂，我们的麦子才能满足我们一家六口人的嘴巴。

你尝试赞美这个世界。包括树和月亮和小猪。

默默地爱。

父亲，你在无人时默默落泪。我在无人时也默默落泪，时光在我们的肉体之间不慌不忙地生锈。

但看上去和大家一模一样。

　　　　　　　　　　　　　　父亲的黄岗镇

雨　水

父亲，我未曾开启嘴巴。

在春天。

未曾说出溢美之词，我的脸是黄沙的颜色，你的脸亦是黄沙的颜色，但白发越发地白。雨水是我们日复一日的祈求。

如期而至。

黄岗镇于容纳它的大地上醒来。

牛羊成群，穿过申家沟这美丽的风暴，向我们低语。我们藏在尖顶狭窄的内部，缄默如初。

比 如 风 吹

　　只有长满楝豆子树的黄岗镇。如果开花，它紫色的花瓣就是火焰。每一棵草木都很崇高，生于大平原必须顶天立地，堂堂正正。岁晚的果实犹如一颗少年之心，历经了岁月的蹂躏，但从未感知疼痛和孤寂。

　　比如风吹。

　　比如雁鸣。

　　比如犬吠。

　　比如钟摆。

　　比如花落，哦，花落无声。皆在制造一种磅礴的力量。黑色的埃尘无边，唯有菩萨闭目在金殿香雾中，成堆的香雾缭绕。

十万个父亲

　　看见父亲犹如看见一粒尘埃。

　　看见十万个父亲。

　　犹如看见十万粒尘埃，尘埃挨着尘埃。在黄岗镇，每户都摆放着一张八仙桌。酒盈瓯，我望向满树繁花，尖顶上的白鸽正在诵经。我们谈谈流水的骨骼吧！低于尘埃。

　　或高于天穹。

　　和每天忍受的事物。

　　谈谈父亲的父亲，再也没有返回出生地，不知是物非还是人非，还是物是人非。

仅　仅

偌大的东平原。

如果会哭泣。

十亿条白溪皆是泪水，其中只有一人让我挂念，那是我的父亲，黑色的父亲。从尘土到尘土，唯一的路是耕读。读《金刚经》，读《陀罗尼经》，读菩萨的箴言。我在我们的尘土里祈福，我在我们的麦田中继续存活。父亲，我信灵魂会找寻合适的蝴蝶，翩然而飞。

我信天堂花开。

我信肉身仅仅是客栈，肯定也有几盏灯在闪烁。

不 可 阻 挡

祖父的头盖骨。

在平原滚动。

平原的屋顶不可阻挡，平原的绿树不可阻挡，平原的马厩不可阻挡，平原的水井不可阻挡，平原的湖泊不可阻挡，平原的金顶也不可阻挡。祖父的头盖骨就要升起来了。

像红月亮。

从黑暗的沟渠升起来。像白日从美丽的草木间升起，在穹顶燃烧，照耀牛群、羊群、马群和麻风病人。祖父的头盖骨将找到匹配的灵魂。

祖父的头盖骨将找到匹配的无量的慈心。

返　乡

麦子熟了。

父亲从远方归来，不谈竹杖芒鞋，不谈国之殇，不谈多舛的命运，不谈落日，不谈满途风雨，不谈北京、郑州、武汉、乌鲁木齐，辗转的工地。不谈笨拙的张二狗客死他乡。

一把推开月下门，把我搂入怀中。

吻我，亲我。

让我从睡梦中醒来。那时我不懂得爱，不知道什么是亲密无间。麦子熟了，父亲回到黄土围住的村庄才得安稳，仿佛圣光在那一刻照耀着我。

　　　　　　　　　　　　　　　　父亲的黄岗镇

我 的 领 地

这黄色的土岗叫黄岗。

土岗十亩麦子的交响曲，亭台四五家，芦花大公鸡与牧羊犬和平相处，但燕雀的眼神忧伤。这是我的领地，寂如牧场，这里竖着我灵魂之域的大旗。

于此种植的树木丛生。

百草丰茂。

喂养的羔羊温驯如亲，我看见一群白马在飞，只有在这里我才能醉生梦死，让自己在无限平原的黎明中获得新我。

麦子结出麦子

此刻，在我的精神之宇。

万籁俱寂。

麦子奔向金黄，群羊发出隐隐的鼻息。我幻听，仿佛听见葛天氏之乐，闭上眼睛也能看见千人唱，万人和。这远古的部落，对生命敬畏，对草木垂怜，对五谷的丰饶唱赞歌。

神灵在这一刻缓缓降临。

我倾吐。

在一句絮语中获得幸福的感觉。父亲，星辰在我们的屋顶悄悄移动，我屏住呼吸。麦子结出麦子，杏结出杏，现在皆归于我。

　　　　　　　　　　　　　父亲的黄岗镇

麦　忙

做一株麦子。

学会摇曳。

五月的黄岗镇涌现出金色金光。村庄突然有了动静，马有了马嘶。鸟有了鸟鸣，可以穿透低处的沟壑。生命像极了生命，我们挥汗如雨，但没有雨泪交替。父亲蜷曲成一片枯叶，他不说忧患。不说尘埃，不说尖芒，不说蚊虫叮咬和突兀的雷电。

如果每一粒圆润的麦子归仓。

这就是恩赐。

这自然之爱，让灵魂安坐下来。我们起舞，我们弄清影。祝歌飞遍了天宇。

穹顶的星辰属于穹顶

父亲，我们都是慎微的人。

在青岗寺我们唱，用无碍的嘴巴。我们都是心地清净的人。到处是莲叶田田。都处是青色青光。

白色白光。

一座寺庙是梦幻泡影。

父亲，我们在梦中度过，那些细尘和絮语在梦的窗口飘浮。闭目让我们获得欢欣又获得隐秘之痛。暮色降临，东平原的黑夜属于东平原，穹顶的星辰属于穹顶。

葛天氏的妙音属于葛天氏。

它不属于我。

它属于整个大地。

父亲的黄岗镇

我愿做菩萨的一朵莲

那一天。

草色凝碧，雨泪交替。

申家沟捧出一面镜子，照见五蕴皆空，其实是五蕴皆苦。在辽阔的岸畔，我诵读线装的经文，我放下刚毅和须髯、麦田、烟囱和湿漉漉的平原。

闭目在青岗寺，我是一株青莲的尖角。

露出破绽。

和它内里的赤光。父亲，我选择一个人成就圆觉。但黑色的村庄连着黑色的村庄，黑夜茫茫。穹顶苍苍。我悄悄迎迓菩萨的落足。

渺小与伟大

父亲，我的泪光闪耀。

但目不容一尘。

在最美的净地，我所指的是豫东平原的申家沟，我们的心灵还不能超越生死，但敬畏上苍。父亲，我想让一根有思想的苇草扶住我，让尊严扶住我，让信念扶住我。让青岗寺的金顶扶住我，让万亩梨花卷起的千堆雪扶住我。

如果我是一只蚂蚁。

就是一只倚靠在自己黑暗中的蚂蚁，日日夜夜只为追寻金色的麦粒。父亲，这也是你的一生从不诉说人的渺小与伟大。

豫东平原太辽阔。

我们只发出微微的叹息。

父亲的黄岗镇

虚怀若谷

没有边畔。

在申家沟，我说的是麦田没有边畔。正如父亲高贵的虚怀，若谷了多年。

父亲，你是莲花，枯荣自在。

我是莲花上寂静的朝露，色相无依。

你有洁净的灵魂。

挣出淤泥。父亲，你不计较苦难却以耕读来抗拒。我们睁眼看不到雪山、大海，丰饶的岛屿。闭目却能看见来自四个方向的仁慈高于金顶，有时能看见新生。

二　月

父亲，你说。

每一粒鸟鸣都是梵呗。比如，鲜亮的槐枝在二月抽出嫩叶，可以填充你庞大的胃。你说，能够存活下来一定有奇异之光在额顶飞过。

你拥有平原的烟囱和金顶。

和五个儿女异常美丽。

站在绿杨烟外。

你信前定的命也信善行可以改变这个命。父亲，你以古训托举着我们。你说，观音妙法浩无边。

人的一生不可做恶。

86　　　　　　　　　　　　　　　　　　　　　　父亲的黄岗镇

爱上缓慢的世界

这里安坐着人类最高的金顶。

洞彻万物。

这里奔跑着最柔美的羊群，发出人间妙音。这里的美是古镇的荣耀，这蓝色的屋顶，这丹色的香案，这短暂的雨水洗沐无际的平原。

年老的父亲啊苦苦谋生一辈子。但拥有一颗寡淡之心。他爱上缓慢的世界等于爱上缓慢生长的玉米、豆荚、棉花，这些纯粹的事物明亮如经文。

这活着的生命。

即是丰饶。

大地上的人

黄岗镇。

是不可思议之土。

在这片不可思议之土上，父亲，你没有怨言。你把最美的古歌、最真的箴言，最善的拙朴之心留给了后人。到了秋天，申家沟就要飘出丰收的五谷之香。

你晃动的身影。

开始在田野晃动。

你干净又苍老的生命凝于一瞬，启示我，犹如一枝莲花不着水。我信叩伏在大地上的人是崇高的，灵魂一定高于金顶和飞鹰。

共 同 体

每一头牛都有妄念。

有众生相。

在狭长的申家沟，一头牛在父亲的鞭影下活着。正如父亲活在黑色的风暴中。它在草棚里有旧疾，和细微的反刍的声响。他在屋漏中忍受连阴雨。

他们有着命运的共同体。

拒绝平庸之恶，在赶往耕种的途中，互换内心的悲悯与祝福，寂静无音。

八月的第一日

黎明的曙光。

自天宇泼洒下来，覆在万亩黑色的草舍。父亲，你曾是一名战士，在金水河畔唱大风，血脉偾张。我不曾目睹沙场秋点兵，但我能感知崇高与伟大，那种气壮山河的气势。

今日是八月的第一日。

暑气向着尖顶飞升。你在黄岗镇做一个素朴的农民，日出而耕，日落而息，活着的每一个瞬息都是你自己的。涉过人间种种恶的旋涡。在辽阔的庄稼地缩成一个黑点，移来飞去。

　　　　　　　　　　　　父亲的黄岗镇

唤　醒

唤醒尘埃和鸟。

它们的鸣音里有清泉，有经文，有爱别离，有五蕴之苦，一树梨花勾勒出小院的旁白，迎接这个娑婆世界。毫无疑问，岁月是一个真实的刽子手。

不曾饶恕。

一个也不留。

那些尘埃里长出的一个个面孔正吮吸着人间的香火向左摇摆，向右摇摆，向前一个趔趄。清明一过，这些面孔就被废弃下来。有父亲的父亲，也有父亲的母亲。

头发是风的弯曲的白伞

太阳呼吸黄金。

月亮呼吸白银。

浩瀚的星辰呼吸亚洲铜。我属于这儿，在这儿度过了童年。父亲属于这儿，在这里种植梨树三亩连着万亩梨园。他在枝头上起起落落。头发是风的弯曲的白伞。明亮的眼睛越过黄沙。

阳光照着身体。

像照着高出大地的一只苦杯。我听见黑雀的天籁之音，飞向了深渊。我唤醒我和背后的另一群我和父亲，紧紧搂住万物的呼吸。同呼吸。

十 万 里

此刻，你的灵息高于豫东平原。

祖父死在这里。

我也将死在这里。

十万里。

不见灰烬和泪水。

唯有水流花开，金顶耀眼。

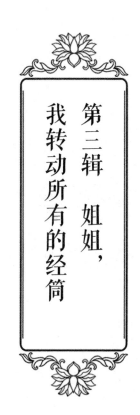

第三辑　姐姐，我转动所有的经筒

姐姐，我在南疆

姐姐，只有经卷可以抚慰我们的心。

如果一棵枣树会走动，它必穿过黎明之光，献出果子的甘甜。但我需要的是灵粮。

但我需要的是妙香。

但我需要的是圣洁的里塘，一只白鹤轻轻飞过最高峰。在亘古如谜的南疆，塔克拉玛干连着美丽的雪山，雪山连着甘南，青海和西藏。它们包裹着我，犹如温暖的臂弯。我在臂弯一样的枣园。

多么岑寂。

嗅不到人类的气息。

（原载《诗潮》2017 年第 4 期）

夜风吹过

姐姐，天堂在上。

天堂伸出一把勺子，舀我的没有边际的泪水，我触摸你的疼痛，我感知你的孤独和恐惧。月将升，日薄于西山，但我们的未来不可知。

正如河流即将离开眷恋它的葱郁。

葱郁离开眷恋它的枝叶。

姐姐，我在实相中寻找虚无，在虚无中寻找存在的意义。夜风吹过豫东平原和无欲的灵魂，我真的不知道内心有多少片雪花卷飞。

（原载《辽源日报》2017 年 11 月 25 日）

草木蔓发

姐姐，三月的申家沟草木蔓发。

我怀抱大鲲，登上青岗寺的尖顶，合掌向佛。头顶是白银的欢愉，心已澄明。

我爱大水，与大水合一。

我爱草木，与草木为亲。

我爱冰山，爱冰山上的雪莲花开，它只属于它自己，它斜靠着它自己。姐姐，你是雪莲花开。我升起，在豫东平原的清晨，脱离人间万古愁。体内的骨头发出清脆的木鱼之声。

（原载《大河报》2017 年 11 月 30 日）

细埃落在细埃上

烟囱飘出小个子的孤独。

孤独长出孤独。姐姐，露从今夜白。我想到更多的白。比如：大雪。你是万物，万物亦是你。万物自你的左侧经过，仿佛又从你的右侧经过。

杨叶落在杨叶上。

细埃落在细埃上。

正如一颗心落在另一颗心上才有了温暖。姐姐，我的爱止于唇齿，但担心更多的白从西伯利亚卷至。

我担心风一吹，就把我们草木一样的肉身吹成鹅毛飞雪。

（原载《散文诗》2018 年 3 月上半月刊）

早祷如香

姐姐，我们素履之往。

独其愿也。

我们藏在神的宁静的羽翼里，早祷如香。在时间苍茫的旋涡中，你我不必做申家沟的主角。它是它自己的丰沛，正如它是它自己的枯涸。

立春回芽，我们是槐木。

我们蓬勃。

而朴素地生长。

每一个白骨朵里都能听到圣辞盛开的声音。无限遥远的鲑鱼是它自己的肥美。

（原载《散文诗》2018 年 3 月上半月刊）

金　顶

姐姐，诸神为你凝于金顶。

但你是我的神。

你是我脚下的灯光照耀。你是我的馨香的臂弯。我热爱东风夜放花千树，是因为你也热爱东风夜放花千树。我不曾提着灯笼闹元宵，你就是我的灯笼。

我拉着你干净的手。

我拽着你干净又素朴的衣襟。

我们明亮的双目浸着泪水，静静穿过青岗寺的繁华，属于他人。十六岁的姐姐和十四岁的我仿佛真的没有看到过金顶。

（原载《散文诗》2018 年 3 月上半月刊）

我看见了

我看见了树上的神。

它不必垂怜我们。

它的每一次翻动都是经文的翻动，仿佛阴与阳的翻动。姐姐，活在当下才是生命的真谛。我们没有明天，其实万物也没有明天，也没有昨日。只有此时此刻的祷告如露如黎明之光的洁净。

我们诵吉祥经、诵观音赞、诵大悲咒、诵往生咒。

倾吐这个世界的无奈与隐痛。

对每一棵草木敬畏。

它比我们活得圆融而无碍。春江水暖，它开枝散叶，拥着无限遥远的蓝，安宁如哑。

（原载《散文诗》2018年3月上半月刊）

遇　见

遇见即是美好。

遇见洁白的羔羊，颔首微笑。它抬头的一瞬，多么温良。我偏爱它以露珠为眸。遇见溪流，洗沐蒙尘的肉身，是空如贝壳的宁静。

姐姐，我们要磨圆自己。

原谅无法原谅的。

包容无法包容的。你的半亩梨园以铺展的素洁之花来赞美春天。这明亮又寒冷的事物，蓬勃于此。是上帝的恩赐。

（原载《散文诗》2018 年 3 月上半月刊）

飞雀满天

所有的生命都像尘埃。

落定。平原的千树万树如梨花盛开。稀疏的枝柯坚硬又发出飘柔之光。

姐姐，时间是一件白色的尸衣。

犹若这大雪纷飞于静寂中覆盖我们草苫的屋顶。在申家沟我们守住命中的五行。

但无法飞出三界。

飞雀满天。

好像没有家，好像没有边际的天空才是它们的家。

（原载《散文诗》2018年3月上半月刊）

北风卷着黄沙

姐姐，弱水三千。

难取一瓢饮。

五斗米只剩一粒。我知道诸神在亲吻我们黑色的屋顶，犹如亲吻我们高贵又典雅的灵魂。呼啸的北风卷着黄沙。我把它当作圣歌。

黄沙是圣歌中干净的音符。

但北风过后，我们比黄花瘦比一棵弯枣树还要孤独。在祖国广阔的豫东平原。

（原载《散文诗》2018 年 3 月上半月刊）

另一个自己

我裂出我。

裂出四肢。

裂出另一个魂魄与我举杯，邀明月。邀春枝花满。但我们的前方是一个深渊，似乎后方也是。我胸中藏着块垒，有堰塞湖要溃堤。

我与我对饮。

酒逢知己。是另一个自己，千杯少。今夜，申家沟的梨花安排一场梨花雨。我是雨中的孤舟蓑笠翁，喝着喝着就弯曲了下来。

（原载《散文诗》2018 年 3 月上半月刊）

取　走

在朴素的乡村。

榆木、槐木是我们的骨骼，申家沟就是我们的血液。青岗寺的灯火在大风中抖晃，抖抖晃晃。其实就是我们的灵魂。我看到诸多的如意和不如意。

看到雨水取走了五谷。

飚线取走了草苫的屋顶。

姐姐，你的手掌填满了人间死亡的灰烬，一无所有。除了嘴巴的一日三餐，皆是虚无。我们早已出售了尊严，出售了精神的罗盘。我们蚂蚁一样的触角，多想够到天穹。

（原载《散文诗》2018 年 3 月上半月刊）

归园田居

十亿滴雨突然降落于申家沟。

但很宁静。

姐姐，我在平原活成一株青草，那开出的白花即是礼赞。我感到自己变得缓慢，拥有一颗菩提之心。让我垂怜那些富有心计的人和没有心计的人。垂怜那些被世俗奴役的人和出世的人。

其实不必垂怜。

万物有它自己的轨迹和因果。

风吹草动，我以草叶描绘世界。我愿归园田居，做只白蝴蝶。

(原载《郑州日报》2018 年 6 月 6 日)

敬　畏

姐姐，我看见你的三千青丝变成白发。

看见你在白发下抱紧臂膀。

和一颗通透的心，缺少安抚。姐姐，你在羊群的叫声中醒来，你是羊群的一部分。你在牛群的氄声中睡去，你是牛群的一部分。经历过生与死的人，不忘初心，不惧未来，你原谅了冷嘲热讽，但敬畏神灵。

姐姐，你把人间当作一根木头。

没有意识。

你把人间当作指甲花开，拥有神赐的静美。

（原载《郑州日报》2018 年 6 月 6 日）

父亲的黄岗镇

低　语

姐姐，我看到。

你向金顶和金顶上的神鸟低语你的境遇。

我看到你的脸，美丽绝伦，从灰烬中升起。头顶的白银绽放，头顶的乌云合拢。我看到你扶着一根木头，在无边辽阔的苍宇下摇摇晃晃，大水浸泡着双踝和庄稼。

姐姐，你无法隐匿自身的病痛。一双眼睛从真香的浅薄处向风尘凝望。脸色黯淡，是白昼泼向人间的墨汁。

你欢愉，万物欢愉。

你悲伤，万物悲伤。

姐姐，万亩的天宇出现了窟窿，正如灵魂刮起了风沙。

（原载《郑州日报》2018 年 6 月 6 日）

九　月

在九月，申家沟是一滴白霜。

映照出白霜一样的众脸。姐姐，你是其中之一。你是一片秋叶，摇晃在自己的枝头，风吹时也没有怨言。你是你自己的星辰，留守在故园，不曾游历过祖国的名山和大川。

内心孤苦。

只有茱萸花绽放成黄金。

你想赞美世界，又长太息尘世的悲辛。姐姐，青岗寺的暮鼓响起，梵音飘袅，正一缕一缕降临于你灵魂的暗坑。

（原载《郑州日报》2018 年 6 月 6 日）

莲　花

姐姐，生命是悲欣交集的瞬息。是孤独的湖泊，而水正从四个方向的隐秘之处漂散、消失。

但你是我唯一的遥怜。

祈祷奇迹的发生。

姐姐，我在梦中召唤神明，聚拢十亿朵莲花：种种异色，种种香熏。心若莲花，芬芳自来。为你丰饶，为你托举十亿杯清净的甘泉。

闪烁白银的舞蹈。但我的泪水滚滚，掺并沧海月明，融合于一碗。

（原载《郑州日报》2018 年 6 月 6 日）

草　木

我知道你的粗瓷大碗里装着乾坤天地。

对这个世界的尖顶。

恋恋不舍。

我们欢愉地成为生者也将悲欣交集地成为逝者。万物生，但万物皆有自己的晕轮之光。我们生长在草木包围的申家沟，草木连成了栅。姐姐，我们努力生长，像一棵洋槐树开出朴素又美丽的花朵。但它的华盖，迟早要落入泥土的深渊。

正如我们的肉身迟早要融进空空的空气之中。

　　　　　　　　　　　　　　　　父亲的黄岗镇

孤独是一个黑点

我的申家沟，没有大湖。

但有一草一木的枯寂。

需要我来收拢。姐姐，你多么热爱白鞋子，但不是屈原遗落的那只。我的孤独是一个黑点，黑也可以蔓延。我们的土地依旧是黄色的土地，我们的屋顶依旧是黑色的屋顶。姐姐，我开始藏在草木深处，指认这一朵花是祖父，另一朵是祖母。

姐姐，你是种种花拥抱的最小的一个骨朵。

是豫东平原最美的迷幻的红。

仅存在于

姐姐，我把申家沟的小径卷起来。

攥在手心。

把两岸的一草一木也卷起来，我走到哪儿就带到哪儿。这永恒的小村庄，其实并没有什么永恒，刹那便是永恒。我喜欢听鸟鸣的声音，浪花翻卷的声音，一只蚂蚁搬动麦粒的声音。

清晨迎迓黎明之光。

傍晚赶着羊群和落日。我们在青岗寺的宝顶下绕行祷告，又在黑色的屋檐下拨去指头上的绒刺。于此生活我们活得如意也活得不如意。我们微尘弱草的生命。

仅存在于它的碳水化合物。

父亲的黄岗镇

第十三次写到

这是第十三次写到姐姐。

但十三与上帝有关。

这让我想到天国。姐姐，我愿把自由的天国还给你，把伊甸园的葡萄树还给你，它的果子多么甘甜。把申家沟两岸的指甲花还给你，它灵巧的骨朵多么迷幻。

在故园，没有一束光洗沐你的伤口。

没有一驾马车可以把我们带至远方。

在时间的渡口，我们拽不住神的美丽的璎珞。你我皆是过客匆匆，人之初是个无，人之末亦是个无。

我认出了风暴

姐姐，贫瘠若草木之根。

扎进了我们的脉管。

平原的风无论自哪个方向吹都会磨损我们。风暴卷来，我能听到你年轻的骨头咯咯吱吱地响，但找不到一根拐杖可以倚靠。我认出了风暴，源自人语和人性。看见了你清泉一样的双目有悲伤，但不可有悲伤。

我们降生在申家沟，空气清新，阳光丰富。你是指甲花盛开，仿佛都是菩萨的安排。

灵魂的骏马

我的身体是申家沟。

长满了刺。

是申家沟的一把木杈，挑起田野的凉薄。是屋顶，是屋顶下面的柱子，沉默着。是柱子支撑的咯咯吱吱的孤独国。是神殿，是神殿里的青灯黄卷，绽放着光明之源。

但我的身体最终是骏马。

在父亲的草原母亲的河上跃起。

它们是它们自由的天堂。骏马才是我的一种存在形式，我把骨骼做成马厩，把血肉做成草料，等待灵魂的骏马驰骋而来。

星　辰

在东平原的暮春。

那一刻，你属于众神的女儿，母亲喊你，父亲喊你，老祖母在菩萨和金卷面前喊你，我握住你的手，线团掉落的声响也是惊心。我知道你热爱自然和残破的世界，但我找不到合适的词系住你飞雪的灵魂。

洋槐花纷纷而落。

这是透明的前定。

姐姐，若没有了姐姐，我就把天上的星辰认作姐姐，我让你的仁慈之光落满申家沟。

劈　开

姐姐，申家沟流不动了。

我舀不到一滴清澈的泉水，牛羊是人间的倦客。

我只看见端坐的烟囱吐出白色的烟圈。我抱紧一棵古榆，异常孤独。我把瓦罐打碎，把白昼劈开两半，傍晚劈开两半，黑夜也劈开两半。

我撤走体内的香案。

和经卷。

我发疯带着天空一起发疯。

但贫穷是一抔土可以长出自卑之花。

捂住内心的

姐姐，我能造出青梅煮酒。

但造不出英雄。

我能造出香云盖，但造不出菩萨摩诃萨。我们的脚趾流出鲜红的血液，干净的肉身仿佛是人间多余的部分，但又不可或缺。我们坚守故园，追寻黎明之光，我们渴慕五谷丰饶，六畜兴旺。我们执着于土里生金，珍重每一日细小的幸福。我们伸出手掌捂住内心的雪……

但未必捂住内心的雪崩。

父亲的黄岗镇

远　离

姐姐，我远离江湖。

匡扶自己的小江湖。

我热爱自然，并怀一颗虔敬之心，我的十万亩麦田学会了风雅颂。十万匹白马嘶鸣。它们才是它们真正的自己。我们无非是戴着面具。

集合了众人之脸。

我们是我们最大的敌人。

我们是我们最大的迷宫。

欢　喜

生命是一树繁花。

花开见佛。

我愿看见欢喜，我愿是欢喜的每一个瞬息。石榴花开是欢喜，指甲花开亦是欢喜。一只蚂蚁撼动大树是欢喜，一只蝴蝶落在竹枝亦是欢喜。它是竹枝词。

唯有真香使心归一处。

随处结祥云。随处看到黄金在庄稼地里舞蹈。姐姐，天宇为我们敞开的曙色清凉，天宇下的青岗寺为我们敞开的圣殿幽远。

　　　　　　　　　　　父亲的黄岗镇

永　恒

　　姐姐，我是空气中的蝴蝶。

　　举着香气飞。

　　我会停下来，扇动一下翅膀，讴歌人间的清明和良善。我的双足紧紧抓住对茎叶的欢愉，摇摇晃晃。姐姐，我已成为崇高的人父，泪光闪烁着幸福。我燃烧的每一炷香，都为大地的丰饶。

　　姐姐，我们是申家沟的一根水草。

　　我们是水草上永恒的灵息。

　　永恒醒着。

　　永恒站在风里雨里。

鸟鸣环绕

　　姐姐，在豫东平原。

　　在申家沟。我的谈笑没有鸿儒，甚至白丁也没有。

　　一个人鼓瑟，一个人吹笙。在孤独闪亮的古榆下，我开口唱《陀罗尼经》，我叩伏，面对青光辉映的青岗寺，我感到人类的寂寞，那么多的香客变幻着人形，戴着面具。姐姐，我借一根麦秆儿，吮吸真香。

　　我被四月的鸟鸣环绕。

　　犹如梵呗。它托举着我的没有杂质的天宇和我的青春，不须酒如渑。

那么多的我

姐姐，我看见那么多的我。

纷纷从我的肉身出走。

欢愉的我，痛楚的我，执念的我，迷惑的我，起伏不定的我。被风一吹，幻成虚无的我。姐姐，我希望风从青岗寺吹走我的十里悲伤化为一缕烟埃。我希望体内的申家沟平静地流淌。

桃花溢出异香。

而此刻，我在阅读妙法莲华经，莲花举着屋顶，屋顶举着漆黑的星群。

求　佛

姐姐，你不怕四个方向的深渊。

你怕无边的人语。

每当雨雪降临，我合掌求佛：赐予你美好的因缘和智慧之光。姐姐，你拥有一颗仁爱干净之心，却被病魔缠绕。

姐姐，草的身体。

在风中摇曳。

向着苍茫云间，我祈祷你是新造的人，完整的人，坚忍不拔的人。

尊　严

姐姐，我令白马饮了体内的贪嗔。

令北风吹去烦恼三千。

我做着关于"火生莲花"的梦，天风送我至金顶，但我看到的是虚妄，左手黄河，右手长江，不过是落在人间的两滴水，是两滴慈悲的泪水。昆仑雪山是一粒雪，豫东平原是一粒细埃。但有生长的草和草民守着最后的尊严。

姐姐，我信佛。

佛的脸光照我的脸。

我的喉咙里充满了圣歌，眼睛藏着欢愉和幻。

练　习

　　我庞大的肉身。

　　挤入暮光。

　　挤入青岗寺的梵音飘袅。姐姐，黑夜收下了村庄。村庄收下了平原的屋顶和我们。我们收下了眼里涌出的酒与泪水。我们将青丝慢慢变成雪白。

　　慢慢。

　　但在一日三餐中，我们依旧练习耕读，练习爱，练习春暖花开。透过木窗棂我望向人间的黑洞和荫翳。

摸　索

姐姐，我关心人类。

我亦关心你的手从手中掉落。你的脸从脸中掉落。你的嘴巴从嘴巴中掉落，不善辞令。

我们都是榆木疙瘩。

亦是心中有疙瘩的人无法用世俗的钥匙打开。我们在尘土里摸索诸神的脚。但你越过疾苦的风暴和白霜，像一束枯萎的花朵。

黎明之光。

还是甜蜜的雨水。

与你好像没有意义，但一定也有某种意义。

倒 春 寒

要感谢屋顶。

为我们遮风挡雨。

要感谢堂前燕年复一年地来访。要感谢枝头的榆钱儿喂养了许多饥馑的人。还有洋槐花，它让天空缓缓变白。神居住在里面，静静地俯视我们，伟大的不傲慢。

卑微的不渺小。

归园田居，这里的时间秘密地攥紧每一位耕读者，生怕倒春寒带走一群。

　　　　　　　　父亲的黄岗镇

带　走　吧

姐姐，我与世无争。

但害怕与世隔绝。

在冬日，在豫东平原鹁旦不鸣。我用骨头造出一座殿，谜一样的殿即是净土。我读经，带走我的双目。我唱梵呗，带走我的嘴巴。我合十，带走我粗糙的十根手指。

这肉身仿佛不是我的肉身。这面孔仿佛不是我的面孔。

我把自己嫁接于三炷香火。

渐渐飘散。

构成时间的浮尘。

十二月的大雪

姐姐，我慢慢飞出了我的身体。

双目飞出了眼眶。

耳朵飞出了腮帮。

在申家沟我的棺木在雨中长成，我的寿衣在风中织就。我的灵魂在高高的尖顶抽缩。残缺的世界我尝试着料理。我愿干净的申家沟穿越骨头，悦耳的梵呗洗沐心脾。我愿十二月的大雪盖住村庄的沟壑、屋顶、街坊和人间诳语。

姐姐，愿你是大雪。

十二月的。

纷飞在豫东平原又高出豫东平原，甚至高出豫东平原上的金顶。

唯　有

姐姐，我飞遍豫东平原。

祈祷文飞遍黑色的屋顶和枝头。

让北风吹，雪花吹着雪花。十万亩滞销的洋葱泛着黑光，牛羊呼出白色的气体。姐姐，我让它们和凉薄的世界接纳我的肉体。

允许我吐出真言。

五字真言或六字真言，涕零如雨。唯有捧读《金刚经》，随处是净土。可以使我摆脱。恨我们所恨的，怜悯我们所怜悯的。

时间是一把锯子

姐姐，我从人间路过。

看见你在唱颂词，念大悲咒，读中国古老的汉字。你祈雨，像一张美丽的祈雨图。时间是一把锯子，日夜锉磨着你的肋骨。在冬日的申家沟，你吃下发黄的菜叶，你与大雪融为一体。

你成了一个失眠的人，假寐的人。

你飘升。

你落下。

你如尘埃不定。

你轻轻的气息搅动了村里的神。

孤 独 如 雪

姐姐，孤独溢出我的肉体。

孤独如雪。

孤独飘出我的肉体。我坐在麦田之上，坐在镰刀之上，坐在草垛之上，坐在圆圆的落日之上。我坐在三炷飘袅的香烟之上，摇摇晃晃。灵魂的外衣是什么织就的啊？

是蝉羽。

是一粒粒的经文。还是几缕佛光，我喜乐地披上。让孤独在肉体之外，翻卷如大海。

我转动所有的经筒

那一夜。

我转动所有的经筒。

诵读所有的经书，点燃所有的真香，闭目在香雾中。一切刹那，一切永恒，一切在念想中。我闭起眼睛，无端泪涌，白色的灰烬晃动着平原的屋顶。姐姐，我多么渴望抚摩和被抚摩。我化归万物，万物化归于我。

凉薄的世界啊！

我取一瓢饮，瓢在我的身体里，弱水三千也在我的身体里，沉浮起落。那一夜，北风吹着号角，门闩晃动。我想象星空的浩瀚，但无法将自己托举在星空，黑色的屋顶上有乌鹊滚动。

第四辑　申家沟及其他

水，或者水

于是比泥土湿润的身子。

开始龟裂。

思念埋下伏笔，骨子里潜藏的十万片泪水，呼之欲出，抵达乡下。我的字典里涛声一片。那时麦花盛开，细碎的疼压住夜晚。

年老的母亲躲在瓦罐背后，把一张褶皱的脸隐于尘埃。

申家沟，请将我瓦解成直立的水浇灌春天。让大满后的麦粒在血液里流淌。像细小的幸福。

各种花开回避一下，歌舞升平与我无关。

申家沟活在自己的谷壳里。在被遗忘的豫东大地上唱暗黄昏。

（原载《诗选刊》2009 年 7 月下半月刊）

祭 念 汶 川

花朵一样盛开的日子被五月的黑击中。

天柱折，地维绝。

取出银光和干净的钙，取出我囤积一年的泪水再次流淌。

去天堂的路黑挤着黑。我以一支湿润的笔率领众文字护送，以骨头里的十万个血粒子化为莲，当您的坐骑。

八万汹涌的亡灵，请允许我跳一下锅庄，唱一曲咂酒歌，在龙门山的废墟上把神祇的经文举过鹰，唤醒麦田。让一缕缕的阳光抵达汶川，照亮羌寨的暗。

太阳神鸟伸出了羽翼，抚慰撕裂的伤口。

瓦砾上开满小花，有晨旭的颜色和烟火拔节的声响。

（原载《诗选刊》2009 年 7 月下半月刊）

睡在路边的人

允许他低一些，黯淡一些。

秋天来了，再允许他凌乱一些，一个人游走于人间，天下是茫然的。

风吹起时，身子倾向凋零，有落花的感觉。

他没有马匹和高粱酒，遇到黑夜，抱住落叶，抱住自己的江山，设立界碑，圈地为王。像宋朝一样蜷缩，不反对割地求和，暂且有小国寡民的意识，是否心怀天下，尚待进一步考察。

他躺在一个人的旋涡，眼睛里没有灯红也没有酒绿。

像南宋隐逸的词人设下圈套或暗语。

（原载《青年文学》2010 年 7 月下旬刊）

写　下

他的声音低下来，在申家沟成为隐喻的一部分。

不能被阳光照亮。

他以狼毫蘸着泪水，写下三百年的疾苦和幻想。写下一涌再涌的阵痛，趾骨上露出的红与白。写下明月、瓦当，笃定的荷。写下一行行圣洁的光支撑肉体。写下寒露、霜降，二十四节气中的冷。写下麦子扬花、抽穗，大地上的五谷喂养生灵。写下"逆"，美好或温暖。

最后他拨开雾，写下一枚橘子内部的真，及蚂蚁。

（原载《散文诗》2010 年 9 月上半月刊）

抗　旱

大地龟裂，是祖国的伤口。

我的骨头在颤。我朴素的子民，草木一样的子民驻扎在裂纹深处，忍受干旱。花香凋落，鸟语离开了湖岸，剩下一群红鲤，魂魄已散。

我祈求水，用古人的雨霖铃，淋湿云贵高原，淋湿合十的手掌、木棉、茶树、五彩经幡。

如果雨水不来。我的神，请允许我从烟火中抽出肉身，屈膝而歌，击壤而歌，动用积蓄已久的眼泪和前朝的瓦罐，一点一滴浇灌春天以及尘土飞扬的稻田。

（原载《散文诗》2011 年 4 月上半月刊）

麦　子

黑夜从大地上升起。

雨水浓重，闪亮的果子开始受难、腐烂、发霉。

父亲躲在如豆的灯下，咕噜咕噜抽着水烟，一头芦苇花在燃烧。

这是第七次写到麦子，站在痛苦的芒上，没有歌唱，没有金黄的蜜语、闪电般的美好。只有大风吹动的平原一无所有。

申家沟像一枚尖锐的钉子，闯入肉体。

（原载《散文诗》2011 年 4 月上半月刊）

大　水

被黄昏染红的申家沟。

苦楝子的村庄是入秋的第一枚悼词，钉在豫东平原。

金黄的玉米浸入大水，微温的羊群浸入大水。衰老的母亲持刀而来。她晃动的双手于泥淖里，是最小的闪电，收割匍匐的命，运回谷仓。

雨水狰狞，母亲独自称孤。

像风中的细苇从身上扯出一排柔韧的骨头。摸出一个符，堵住手上裂开的口子，清澈如草，止不住的苦难，红与黑……

（原载《散文诗》2011 年 4 月上半月刊）

风吹豫东平原

空荡的小村灯火不明。

母亲在自己合十的手掌上落下泪水。

大风吹过了豫东平原，吹过颅骨中的缝、黑夜的冷。它无视人类的爱与恨，背叛了秋天。

申家沟的玉米提前坠落，大面积倒进雨水。秋天内外，剩下荒凉的海，浸泡身子、古陶、祖坟上的草。一些谷物霉变。苦难汹涌，我的头盖骨开始松动像刀口走过。

(原载《散文诗》2011 年 4 月上半月刊)

回　家

落叶围住的家乡，住着我过分的爱与恨。

梳理一下自己的枝叶，只身打马回到申家沟，要低下来，小心翼翼，降到草的位置，从身上溅出一点泥土的腥味，与村庄和谐。向活着的人露出旧式的笑、传统的礼节，把城里的新鲜藏好，不显声色。

回到老时光。

要温顺于天，和庄稼平等。

（原载《散文诗》2011 年 4 月上半月刊）

曾　祖　父

　　他抱着东山，抱着东山上的一棵麦子，一棵贫穷的麦子跪下。

　　背井，把先祖的名字刻在桃木上，把又瘦又弱的村庄抛给雨水。任凭两手空空，悲痛时捏不出一粒细小的盐。一路上太阳飞过，黑夜飞过，野兽飞过。风把身子吹向东又吹向西，吹向南又吹向北，落脚在平原，旱三年，涝三年。

　　苦难不远，虬枝滚遍肉体，拔不出的一根成了深渊，流出屈辱的泪滴。最终曾祖父死在了那里。骨头在半尺厚的黄土下，化为一团冷雾，上升，恰似东山上的月，轻轻走过最高峰。

　　（原载《散文诗》2011 年 4 月上半月刊）

在北湖思念前世

豫东平原上，大河的水遗落在古邑。

风吹麦花香时，我突然爱上了颂词，抱紧花间的一壶酒，重新审视这个没有仁义的人间。

高高的骆岗上，落日归零。我的陵墓上遍布野雀，一行白鹭洒下沮丧的部分，穿插于蓝。泓水之战，我丢失了春也丢失了秋，丢失的三宫长满艾草，六院虚空。举起睢酒，一瓯一瓯的清冽流入喉咙深处，醉里乾坤大。让我掐灭对烟火的恨，爱上孤绝的魂灵，回到清明时节——自由的绿。在八丈宽的滨湖路上，不需要佳人和故国。不分水天的一碗酒，还酹江月。完成体制外的抒情，合于自然。

（原载《散文诗》2011 年 4 月上半月刊）

在郏县怀念苏轼

在苏轼坟前，"额滴神"已破壳而出。

翅膀停在宋朝，我想告别这唯一的尘世，跟随先生退守乡野，在一阕宋词里住下，与落单的黄鹂起伏，举杯、对饮。在小峨眉山上，孤悬自己，绘画、煮饭、偶尔赋诗。

妙笔生花，而我拒绝主流意识的统辖，自此取消做领袖的欲望，不再为五斗米折腰，不再屈服于灯红或者酒绿。把郏县当做栖身之地，于自己的一小片江山里，种上粮食和香艾。多情时抽出本真的我，掸去身上多年的尘土与罪恶。

风吹稻麦香时，我要飞，脱胎换骨地飞，做一匹闪电或白马，背上兰花和《念奴娇》，俯视鹰城最美的山水画。

（原载《散文诗》2012 年 2 月上半月刊）

再一次写到申家沟

申家沟如一条虚幻的河流，住在我的一根肋骨上，一茎脉管里。它是我灵魂的归宿，是可安歇的水岸。

它的天空纤尘不染，一望无际的蓝，蓝得澄澈透明，蓝得让人眼眸湿润。一条细小的河流，在丰盛的麦田上蜿蜒曲折，杳杳而去，洗浴两岸的风尘，注入更遥远的惠济河。它有着忠贞的方向，它不会迷失于彩蝶和金黄的蜜语。它掏出胸怀大志，呈现心灵与美。

每当我看到丰盛的水草，就会想起这条在地图上觅不到的河流，高涨的不只是热情，还要分辨它的气息和夹杂的鸟鸣。思念如罂粟，猎猎地盛放在骨血里。

一条申家沟就是一本经书，在流离失所的异地，给我清凉的慰藉胜过一切的软弱，胜过千言万语的嘱咐。一条申家沟，潜下去，仿若圣贤在暗中用力，陶造我一生的性情。

（原载《散文诗》2012 年 10 月上半月刊）

写给爷爷

爷爷，你在墙根行走、摸索。

于黑暗的粮仓里搬运尘埃、余下的供品。

我知道你曾活在土坯的缝里，有蛛网、灰斑、旧时光，有带毒的刺，扎进你瘦弱的身子。

微黄、干燥。化为一缕气息隐身于石头，云层或榆木疙瘩。偶尔坐在黑色的枝条上摇晃、运气、发力，保佑着不善辞令的子孙。时常喊我的小名，在锅灰里喊，在豆荚里喊，在申家沟的土堆里喊。

可我再也听不到，你大声地咳嗽，清理着胃里的苦、陈年的伤，汩汩地流转于我的十根手指，沾满了草屑。

（原载《散文诗》2012 年 10 月上半月刊）

落　日

我热爱落日，热爱落日下的宁陵城。

热爱宁陵城的五谷杂粮、平静而美丽的村庄，热爱村庄的贫穷、黑夜以及黑夜里的孤独之蜜。

热爱以沙子净手的父老乡亲，拨亮银色器皿。祷告神，赶走有毒的蚂蟥，让半尺厚的黄土长出温暖的果实，长出绿玉杖。

热爱打坐的老人，饲养着体内的静寂与悲苦。

他摸不着自己的伤。

我相信自己的前世也热爱落日，热爱逼近火焰的落日、浑圆的荒凉。

（原载《诗歌月刊》2012年第10期）

童　年

前方是静寂的麦田，他必须先跨过这片暮气沉沉的坟茔才能抵达一个人丰盛的乐园。他沐浴在鸟鸣中，启开所有的芬芳，袖口上沾着蝴蝶、草屑，还有干净的露珠。他任性，耍小脾气，嘟嚷着嘴，期待大鸟悬挂在穹穹弧线。

他大把大把地薅草，喂养猪崽和雏马。

一仰头，黑鹰正在天上打盹。一开口，满嘴泥土的馨香。他捏着一只蜻蜓挂在胸前，当自己的勋章。风一直向下吹，吹入他的花边补丁。细细的凉钻进了棉布窟窿。回首望去，向南蜿蜒的申家沟，是天空的一次歇斯底里的哭喊。而营养不良的麦子，伸了伸懒腰，向上拔节，吐出生命的绿焰。

远方是打坐的村庄，衣衫褴褛的村庄。

呵，是十万个打坐的村庄。十万个衣衫褴褛的村庄，绽放出十万个衣衫褴褛的神，有着十万吨的荒凉，紧紧掐住天空的脖子。

（原载《诗歌月刊》2012 年第 10 期）

我们还可以

我们还可以寄人于篱下。

吃清风、吃明月，吃申家沟长出的中草药，还可以坐在狗尾草上，仰望浑圆的落日和寂静。谈谈村庄的和谐与这个时代的奇迹。

亲。我世袭了祖上的善良与拙朴。

活在豫东大平原的中央，贫穷的中央、苦难的中央，常年驻扎在皱纹里。学会了不以物喜，不以己悲：甚至不揭竿，也不起义。就像现在时值秋天，我却不动声色。

因为有你，我才不乱来，有章法地拿着斧头。

我才葱茏如桦木，向上的生命，一排排骨头倒向蔚蓝的天空。

（原载《诗歌月刊》2012 年第 10 期）

与母亲书（之一）

风，漆黑地吹。我展开四肢，酒瓶倒倾。

像一颗葡萄，把饱满的泪藏于体内。完全沉默的旧房子，在漏水。母亲点亮灯火，旧布包着伤口。她以一个人的孤独对峙一大堆碎瓷、艾草、古老的线团和壁画。从空洞到空洞，一炷香耗尽了生命。

一味好药熬了出来。苦，盛满瓦罐。母亲一口饮下去，身子微微颤动。一张多皱的脸是干旱中的麦子，蜡黄、生硬。美丽的白发像九月晃动的花圈，神圣中透着荒凉。

而我痛如凛冽的水草。木窗外的风一直在呼啸在盘旋。

（原载《诗歌月刊》2012 年第 10 期）

与母亲书（之二）

它是凉的，也是苦的。

它敞开秘方，永恒流淌着草药医治我们虚空的灵魂。一身青草味的母亲土里刨食，她与麦田吐露蜜语，与萝卜白菜成为姐妹，与三两桃花互换魂魄。她的命在人间开得过于用力。牛羊归来兮，把悲苦捆成一束，以十枚银针拨十根手指上的刺。

疼，是细碎的。

幸福好像也是。

她连夜打造的灯盏，续满我们体内的饥馑。渐渐凹陷的母亲啊，没有一丝哀伤，泪水皆无。而黑鸟倾泻，亵渎了我们原初的神灵。

（原载《山东文学》2014年6月下半月刊）

与母亲书（之三）

申家沟的庙宇没有香火。

也没有神。

神在异乡絮语。母亲的祷告不再依靠神，依靠一颗心和骨头的力量。母亲的白发比白月亮还白。母亲的眼睛是豫东平原的窗户，吸入了豫东平原的铅灰色。母亲的手掌上有灰烬和三千尘土。

穿透她吧，以那无限的孤独穿透她凹陷的肋骨。但她的身体饱经风霜，已掏不出不懈劳作的全部。

四兄弟，你看。七条皱纹流过母亲的额头。

比去年又多出了两条。

（原载 2017 年 11 月 30 日《大河报》）

信　仰

落日负重，似乎还背着巨大的圆穹。天空忍受不了这样巨大的安静。

忍受不了。

这样的蓝，与清澈。我相信万物——经过申家沟时，也忍受不了。十万顷金灿灿的菊花，慕道而来，愿为诵经的人丰饶。我相信，白荻的光芒一样可以是赞美词，飞落在豫东平原，一样可以闪烁在贫穷的黑夜，散发出神的金子。那安放在教堂的灵魂，豢养着一扇门和天地密码，喜乐而甜蜜。

他们的洁净、温柔、善良，如草木，如草木的灰烬。

让人的胸口绽放出清凉的莲花。

（原载《伊犁晚报》2013 年 1 月 31 日）

旧 时 光

一个背着天空赶路的人，也背着杂花生树和鸟鸣。

还有灵魂的庙宇。

不，似乎背着长阔高深的万物，微微震颤。星辰，把湖泊放入了她的双目。面若灰烬，她就把草命开成了十朵高贵的莲花。哦，我曾是她的死亡。

她的悲喜如注。

她的挫骨扬灰。

而黑夜倾倒黑色的孤独，一倾而下。覆满了她，我掌纹断裂的母亲，赶往申家沟的麦场，为五谷丰登而昂起头颅。而生如蚁，素如菩提。如溢美之词在三更天的平原上熠熠生辉。此刻岑寂，她以一把镰刀荡尽这人间的尘埃。

（原载《诗潮》2013年第2期）

谷　水

谷水杳杳。

在《水经·阴沟水注》里吐露着沉寂。

我在可安歇的水岸打开古籍。读水草，读菖蒲，读布衣，读闪烁的万物和光。这些柔弱的水，不朽的水，捧出鲜花、五谷和羊的眼神，捧出大片的野鸭，抱水而眠。我深爱着的水，五百年前已丢失了的水，只苏醒于这薄薄的纸笺上。

蜿蜒、曲折，它金子一样绕过"已吾城"，奔向东南。

如时光之一掠。

永不回眸。

（原载《诗潮》2013 年第 12 期）

宁陵县上空的鹰

一座小城，在豫东平原上一动不动。

黑鹰一动不动。

它的眷顾，取走我们的明眸，善睐于金色的落日。这团黑色的火焰下，有麦粒和磨盘，有安静的小民，生活于无垠的梨树行里。

一只鹰，脚趾分明。

翅羽，是天穹的一次静止。它入乡随俗，在人世学会了沉寂。滴下来的疼，隐于雪白梨花的怀抱。

（原载《散文诗》2013 年 11 月上半月刊）

蜻　蜓

一只蜻蜓。一粒纯金的光。

它透明的翼拂过申家沟，弥合闪电的裂隙。它以云水为榻，在浅浅的水草上琴棋书画。与黑苍蝇为敌，它秘密的牙齿，天衣无缝。坚硬的长长的触须，犹如在大水里淬过。

空气越来越粗糙。

大片的敌人来袭，它必须越过这死亡，不顾及翅膀与骨头的剥离。它的江山，不允许一粒灰尘滴落。只布满清澈。

（原载《散文诗》2013年11月上半月刊）

必然的疼痛

坐在田埂之上。锁骨之上是大片的孤独。

黑夜细密地散落，我的村庄空洞而贫穷。野蛮的孩子离开炊烟、粗糙的申家沟。

在糜烂的城市，做苦工。剩下一堆颤抖的老人，伏于黄土，在尘雾里洗手，在昏灯下数点家谱。他们看不见紫薇花开，听不到世界的福音。我也想走，像白鸽飞离受难的屋顶，沿着漏下来的星辰，向上穿越。

在遥远的天庭，偶尔谈到人间与青色的麦子，我就一阵阵心痛。

（原载《文学报》2013 年 12 月 26 日）

允　许

允许每一粒干净的麦子都是泪水。

每一粒麦子都是我们的经文。

喂养申家沟破损的春天和坍塌的穹隆。允许鳏寡、遗孀、孤儿，这些似有似无的庶民百姓，在教会里每日清晰一次，把生死、祸福呈现给甜蜜的源。允许他们的旧脸颊，放出柔软的光芒，在基督里平安。

允许这群清澈的羔羊，风行水上。

归顺于牧神的人。

寂静。欢喜。挣脱铺满旋涡的豫东平原。

（原载《星星》2014 年 1 月下旬刊）

葛天公园

如此镇静，又如此馨香。

至于我。

孤独的人从这里开始，返回到原初的肉身。向万物致敬。并能谛听到一棵槭树沙沙尖叫。此时，荣光，与谦卑。一如黑色鸭群，从大沙河的水带，凫出。

暮秋的公园，呈现淡色的金子。仿若崭新的庙宇。神，还未曾踏足。而空门，环环上升。

即是这悦人的沉默。

可以令我恒久丰饶。且颅骨内泛出清凉的气泡。

（原载《星星》2014 年 1 月下旬刊）

兄　弟

我有许多兄弟，豫东平原算一个。

这一撮黄土，留下美丽而沧桑的申家沟，绽出安然的光芒。退隐。也可以从遮蔽的山坳，徐缓逸出，回到辽阔的人世。把明月之心，敞露。把生死、忧愁、发黑而又悲伤的咒文，压进沉默的经卷。

流泉歌唱。

它黄金的鞭子，虚构着美妙之物。

有人在这众神的泉水中沐浴。把神的诗篇和马匹，往身体里搬运。而我仿佛坐在香火的中央，俯临万物——欢愉的豫东平原。羊群吐蜜，喜鹊绕树翻飞，仿佛都是我的亲戚。

（原载《星星》2014 年 1 月下旬刊）

谒陈思王墓

我爱上这辽阔的欢愉。

和忧伤。

在通许。以七步诗，以黄金的琴弦来赞美，豫东大地的丰饶。就不必去说荣耀千年的许国故城，今日只拜谒陈思王墓，吞吐着庙堂之外的一小朵夕光，是黑色的。

十个沸腾的海子，平静下来。啜饮浆果和浆果一样的诗句。在静寂的天宇中盘桓、飞翔，清洗往日的伤口，沉默不语。

我植下万顷菊花乱颤。红的、白的、黄的，居住着成千上万个洛神歌唱太阳，歌唱天风吹弯的麦子。哦，每一棵麦子都是陈思王的泪水。

我们到达你的身边，虚怀若谷，杖藜而诵《白马篇》。世俗的人都要从喧嚣的枝头跌入安宁的尘埃，我多想挖掘一撮黄土，埋自己的双脚，与王为邻。

因这神恩照临的墓园。

因这纯粹。

我可以多爱咸平一次，且是如此眷恋的一次。

　　　　　　　　　　　　　　父亲的黄岗镇

落叶飘蓬，仿佛是殿下的生命回旋。

（原载《星星》2014 年 1 月下旬刊）

故　乡　辞

所有的麦田都是黄金的。

黄金的丰饶，披着黑丝般的曙光，纯净可饮。

我在阔大无边的寂静中，搂着一棵麦子。哦，熟透的果实，如此颤抖。除了青岗寺的金顶闪耀不已。天穹，落满了它洁白的哈达。如同欢愉这一词，落满申家沟。我喜欢它流淌神秘的隐喻，和寥廓之美、清澈之美，以青草为床笫之美。

彼岸的羊群，不疾不徐。

高出大水。

低于天穹，蓝色的膝盖。

就那么一瞬间，仿佛万物与牲灵合而为一。

仿佛。道成肉身的村庄，纯银的村庄来自高高的云端。

（原载《伊犁晚报》2014 年第 1 期）

秋 风 辞

把白骨饮尽，把沙砾饮尽。

把三千经文饮尽的申家沟，从身子里抽出苦艾，根植广袤的孤独。哦。止不住的孤独，波涛起伏。我们的豫东平原，天空灌满了静寂，和乌鹊。

梨树坍塌。

桃木。把它自己炼成符篆。

我在黑暗的尽头虚构马匹，驮着黄金的粮仓、干净的白蝴蝶，还有弱水三千。祝祷万顷。我只取一瓢就够了，就可以万念俱无，抵达糠秕之腹地。

风沙吹过庙门，我的目光弯曲、翻卷，裂开了口子。

整个申家沟飘着雨加落叶的悲凉。

（原载《散文诗》2014 年 6 月上半月刊）

水 之 殇

申家沟，我的白银之村。遗失了白银。

渍涝。我以经文、三炷高香出战，暗渡青草、溪水、金黄的葵花和七十二块良田。乌鹊腐朽，让它独自翻卷，最好找不到栖息之地。

倘若洪水不息，夹杂着盛大的寒流。

我退隐。

携带狭小的领地，与悲悯。改姓独孤。我命令申家沟长出翎羽。

长出大风，抟扶摇直上。它永恒的蓝，抬举了寡人——灵魂的盛宴。

（原载《散文诗》2014 年 6 月上半月刊）

平　原

听黄金的琴弦。是多么奢侈。

深深的灰色的申家沟，是不是天空——广而黑，掉下的一条水长虫？押解着我，和我溃散的灵魂。押解着马匹、草甸、麦子与神赐的辽阔。令万物停歇赞美。令屋宇向一旁滚动。

每一天都水泽不息。

橡木晃荡，若时光之刺。

扎进我们的骨血。连这些覆满蒺藜的东平原，也会有痛觉。喝吧，把最后的苦艾、雨加落叶的悲凉，压进浓酒。在夜间我们仰脖痛饮，而沉默。而放纵，犹如一钵安稳的花，瑟瑟作响。

（原载《散文诗》2014 年 6 月上半月刊）

我的世界

闭上眼睛，我想到的不是天黑。

而是水。

深深的受难的水。

申家沟，我要把你升起。与你身上的青岗寺、棘古城、汤斌墓，闪烁磷光的张迁碑。甚至那些在黑夜里咳嗽的人，诅咒的人，用白皙的手指摸索着绝望的灵魂。

它柔软的骨头里充满了荒莽的命运的羽毛。

我情愿：丰饶的祷词席卷我——于云之彼端，种下一生的辽阔。

（原载《散文诗》2014 年 6 月上半月刊）

孤 独 者

夜色笼罩豫东平原。

孤独者撑起崭新的火焰晃动。

经卷，翻动十指。这就是我，曾不为人知地活着。四肢充满了霜雪与泥浆。黑暗的床榻上，虚幻飞旋而出，仿佛水罐，是心灵深处唯一的圣泉。如今我稻草般柔软的心，开始疼爱马匹、羊、白色鸽群。平原上的水，令万物生长，并安然绽放。

此刻，神聚在屋顶。倾倒金色的黎明。

和晨露万顷。

（原载《山东文学》2014年9月下半月刊）

静 夜 思

爱上申家沟就爱上它静谧的伤口。

只有经卷和圣歌才能安抚。

可我疲倦了，一张困顿的嘴巴不再祈求神恩浩荡。这夜，是无可救药的静，好像忽略了平原的风声鹤唳和麦田的忧伤。我从木榻上领出另一个偏狭的我，以大量的葡萄酒来浇灌。

最终，抱着自己喜欢的枕头，让滚圆的屁股朝着月光。呼吸，轻轻慢慢。仿佛闪烁的花朵万千，在屋顶沉降，并颤动。

如此不为人知。

如此的孤独，要了命。

（原载《山东文学》2014 年 9 月下半月刊）

申 家 沟

翻过白露的羊群。

奔腾的银子，堆高了申家沟。

我布下的庙宇，似温柔的马匹，从不制造杀机。可我自有富可敌国的沁凉如水，自有苦寂和不可言说的不安之刺。和十万株诵经的野菊，绽放金黄的火焰颤动。黄金，从尘世之躯溢出。

虚无之美。

我亲吻它，在其中濯洗灵魂。

我宁愿倒进这黏稠的般若波罗蜜的旋涡。

（原载《文学报》2014 年 9 月 25 日）

为老妪而作

闭目，仿佛听到老妪的几团呻吟。

她成了深渊。

成了静默的榆木疙瘩，在其晦暗不明的年轮里陷入孤绝。然而，她活着。白色的嘴唇、干枯的脸庞、漂木一样的肉身无法从一片云上找到一座山。

棺木，与霾。

向着她儿子的尸骨覆盖。仿佛，黑夜正端坐于老妪的怀里。而在申家沟，我是平原最大的王。最大的，慈怜的王。召集青岗寺的万顷金顶，以安抚。

以神赐的咒语连绵。

（原载《文学报》2014 年 9 月 25 日）

让风吹一吹我

让风吹一吹我。

吹一吹我的粗布衣，裹着的隐秘的骨节，住满了坏天气，住满了孤独，且如羊马很黑。吹一吹我头顶的雪盖，干涸的脸庞。吹一吹我吃过的芥菜，芥菜的苦与香。满心悲怆。吹一吹十万亩麦田，完全沉默的麦田，于月光下呈现的尖锐的芒。

黄金，还在小满的路上。

吹一吹灵魂。

从肉身抽出的发芽之杖。

吹一吹沉积多年的锈，安之若素的村庄。吹一吹一贫如洗的乌鹊，在塔顶歌唱。吹一吹丰腴的葡萄树——

这生命之泉，欢愉地流出了天堂。是的！欢愉地流出了天堂。

（原载《文学报》2014年9月25日）

豫东偏东

一炷香缠绕的孤独天空，很美。

水，很美。瓮，很美。

几块羊骨，摆放的朴素神坛，很美。这个黑着的女人，很美。入山门，含蓄的样子，很美。风吹火焰，很美。风吹佛龛，很美。不小心吹开，粗布衣裹着的雪白奶子，很美。微微晃动，很美。清如许的眼睛，很美。哦，她的贫穷也很美。譬如，她挖东墙补西墙的窟窿，很美。头顶瓦罐，很美。稻田干涸，很美。丈夫死于令人窒息的旋涡，很美。儿子长于漫漫黄土，很美。

刀口灿烂，很美。

乌云坍塌，很美。

一巴掌就能遮住的申家沟，很美。蜂蝶，很美。

哦，我的邻家嫂子，那是一个贤良，一个庶民。我把这古老的汉字写到骨骼流淌，六月飞雪，为止。

我也很美。雪压平原，也很美。雪压平原上的寺庙，也很美。

（原载《文学报》2014 年 9 月 25 日）

托格拉艾日克（之一）

让我倒向它的静谧如初。

信奉这来自昆仑的恩光，头顶雪盖。它是母亲全部的白发吗？额滴神啊，万里之外的申家沟，一个衣衫松弛的良人，把千万吨的水涝之痛，灌入凛冽的骨头，她的身体又破裂了一些。

麦子，亲如姐妹。

藏着过盛的悲伤。

在托格拉艾日克，满眼尽是异乡。面对落日的硕大，我掐断柔肠，还不够的话，那就熄灭对申家沟的泪水滂沱。沙海无边无垠，我一个人吮吸暮色，金黄。布阵八卦，让骆驼草托起的马匹孤独、无助、孤独乘以孤独。我要把帝国的申家沟怀揣在身上，策马南疆的浩大辽阔。

（原载《文学报》2014 年 9 月 25 日）

托格拉艾日克（之二）

寂静之夜，如此孤独。

我合上双眼，悲伤就在肉体生长。是什么侵扰了我们的灵魂，甚至无可救赎。天空已经朽腐。白月亮，它长出那么多手脚，抓我们的心。白月亮仿佛是一只甩不掉的豹子，撵着我奔跑。

世俗的针尖，撵着我奔跑。如果神明从天而降。填满我生命的残余和阴影。

我渴望。

活在珍贵的人间。干净，如神脊上飘落的雪。绕着欢愉一词，堆成团。

（原载《散文诗》2014 年 11 月上半月刊）

托格拉艾日克（之三）

不测会降临于我们。

譬如沙尘暴，可以吹破草苫的屋顶，令葡萄树停止生长。没有人知道我们的白昼是如何度过的。身体里犹如装着炉子，必须忍受它的烧灼。也没有人知道我们的黑夜该如何度过。

蚊虫轰鸣。

而明月，恰好悬在思乡的位置，如镜。三亩枣园是我尘世的生命。在五月，它长出绿胳膊，高举甜蜜的花朵，歌唱晨露，照耀我们黝黑的皮肤。和朴实的脸颊，沾满尘土。

哦，在卷起的尘土中。

看不出我们的悲与欢。与孤独。与无助。

这几个词语快要把我的肉身胀破了。

（原载《扬子江》2016 年第 6 期）

江　山

天穹，坐满羊群。

枣木成为兄弟。

我活着，申家沟就是江山。所有的草木都姓马，马蹄不乱。万物的名字都与我平辈，亲如窃贼。月分三旬，我上旬大隐，下旬小隐，中旬若隐若现——蛰伏于众神唱诵的菩提树上。任凭棺木咬住我的肉身不放，咬住九州，吞噬。面对茫茫生死，忽略了必然的悲伤。

我脱掉在人间的骨头。

活成一根乌木，藏着黄金的火焰。

活成一道水荒，灌满银子的瑞气。我荷锄修道，日落不息。自己清扫肉身的灰烬凉薄。

（原载《文学报》2014 年 9 月 25 日）

匍 匐

众神合颂的申家沟永恒洁净。

这绿绸缎之麦田，飘在俗世的喧嚣之上。这浩荡的禅露之水，放肆地上善。我只取一瓢饮，啜琼浆玉液，啜静寂的神光。它甘之如饴，涂抹我体内坍塌的穹隆。

暮岚，犹如金子。

从天空倾斜。我接受赐予，匍匐在般若波罗蜜。

以无垠的豫东平原为道场，洗濯人间——大而黑的獠牙。祈愿众生无恙。

莲子之上的村庄旖旎盛开。

如此清透、美丽。它们抱银斧而缓缓入眠。

（原载《文学报》2014 年 9 月 25 日）

午 夜 赋

肉身翻动着黑夜。

黑夜翻动着经文。

从经文里逸出的另一个自己，领养着十万亩银子一样的村庄，银子挽着银子，银子吹动银子。

万物静默，万亩皆备于我，譬如可以动用青岗寺的金顶，碎裂冰封的天空。繁密的香火哦，托举着我灵魂的咒语，运行在天地之间。以八十万吨的般若波罗蜜牧养一座隐秘的城池，长出葳蕤的蛙鸣，必要时令它们穿上黄金甲，布成八阵图。

于此我倾倒出自身的偏狭与巨大的残渣。

安宁，犹如东山上的虎嗅蔷薇。

（原载《文学报》2014 年 9 月 25 日）

新 年 辞

万物蓬勃。

万物浸在瓦蓝瓦蓝的曙光里，迎迓新的一年。听教堂里的圣徒，唱着古老的歌。在崭新的源头，我们是一群蒙福的人，于恩光中将喜悦从暗夜分开，自足而安谧。我们刀耕火种，种下道义和美，槖出多余的爱以及大自在。我们回到原初，从肉身随手摸出一根骨头，都学会了忏悔。

主的赞歌落满了申家沟。

白羊很白。

黑马很黑。

且从它们的眼神中看不出一丝浑浊。

（原载《文学报》2014 年 9 月 25 日）

蚂　蚁

这低洼处的芒。

在九月沉寂。

仿若一滴水，囚在自己的水牢。你看不见它们隐秘的眼泪，细微的孤独，占据乌黑之躯。看不见它们把一枚稗子从瓦砾中救拨出来。于柔软的灰尘中，剥离生命的灵粮。也看不见它们把高悬的孤独和寂寞，驮进申家沟斑驳的大殿。把落日，映得圆满。

一种静穆的时光，缓缓抽缩。它藏起体内盛大的庙宇、细小的裂隙。悄无声息地卷走十座村庄万籁俱寂的火焰。仿若闪电，把祖先的坟冢吹乱。

骨头不远，蚁噬骨头，陷入一茬茬甜蜜的深渊。

（原载《文学报》2014 年 9 月 25 日）

自　足

雪落在面颊上，没有寒冷。

而使我甜蜜。

在这黑小的洞穴，幽幽的静谧。它令我以馨香，缠绕。并且继续。它是我辽阔的起点，且能安抚这凌乱的肉身。譬如门前的这棵弯曲的枣木值得我称颂。它头顶天上的白光，如此震撼。我倚靠，多么平静而自足。仿佛有千百个银碗。

在空中舞蹈。闪耀。

双目闭合，清空了浮世所有的欲望。

（原载《散文诗》2014 年 11 月上半月刊）

孤 独 书

生活——

仿佛一面黑帐子，遮掩肉身，还有双目和耳朵。之后，缓缓沉入另一个世界：暮色荒凉。今晚，我裸身躺在垡子地上嚎叫，阳具抖擞。

肢体，纯洁无瑕。灵魂移动。

我喜欢这夜是寂静的，且喜欢它的清澈。与清澈对饮。喜欢又大又圆的月亮，并摩挲它闪闪发光的白色底裤。情愿它温柔地缚我、缠我，并轻轻慢慢地蹂躏我。这令人欢愉的死去活来。

令人欢愉的孤身崩塌。

（原载《散文诗》2014 年 11 月上半月刊）

日　常

我们活着却被饥渴追赶。

脚边堆满了骆驼刺。它可以扎进我们的踝骨和胸膛。这个令人战栗的词无法绕过。还有高高的沙包，沙包连着沙包遮挡我们的眼睫。

苍茫的天宇会不会为我们——这些远离河南省的农民，斟上丰饶之水与灵粮。

一切莫可预知。

放下沉沉的农具，我们的呼吸变得徐缓。

大碗喝酒，大口吃肉，这是诗人的乌托邦。我们疲倦的头颅，混杂着虫鸣和倾圮的门轴共眠。但我允许寂静的舌头冒出悲伤的黑泡泡。

如泉水汩汩。

（原载《散文诗》2014 年 11 月上半月刊）

风　吹

在苍茫的南疆。

风吹着我们，如此空荡之中的一小块黑，仿佛距人类很远。

头颅，个个如雪。双手也盛满了骆驼刺，颊上扑溅的沙尘飞扬。真的，我确是困倦了，多想放下农具，躺下来。让舌尖吮吸，暮色黄金的羽毛。

并领着我们安憩。

与上帝接通的人，包括父亲母亲哥哥。

拥抱着无限的生命与死亡，以及被淘空的肉身。消融于寂静的荒莽。

（原载《散文诗》2014 年 11 月上半月刊）

落　叶

落叶倾倒出阳光。

水，或者水。

以及它体内模糊的灵魂。在傍晚，缓缓掠过。是的，它就要从高处坠下来。譬如一枚词，进入黑夜。我必须动用整个平原：神赐的美丽与凉薄，来哀悼。落叶犹如我身上的黄金之羽，已左右不了西伯利亚的寒流。

从此。它卷于时光的尘土。再也不能返回到光鲜的枝头。

这死尸。

这一切。即是虚无。

（原载《文学报》2015 年 2 月 12 日）

出　口

阳光醇厚的清晨。

在冬日，以野性之美。

邀我的灵魂，出离。我知道，与生俱来的卑贱与浅薄犹如冬日的溪流：静水流深。啊，打坐如此美好。

是伟大的狂野。

在世界的微尘里，我念佛、持咒、洒净。打坐是我的出口，也是豫东平原的出口，犹如莲花盛开，向天空喷涌，把所有功德回向给一切。

任自己模糊、空洞、不挂丝毫。

（原载《诗潮》2015 年第 3 期）

诘 问 篇

为什么我的脸，是操劳而发光的脸。

频频沉沦于痛苦之泉。

为什么我的手上长满了卜辞、褶子、皱纹与悲伤和老年斑。为什么我不能做一个干干净净返璞归真的人。这生命的列车，开开停停，它要把我送往慈悲而美丽的天堂吗，还是黑暗的犁沟。为什么无常。为什么万物寂静，黑夜赐予我的心凌乱不安，肢体也凌乱不安。为什么我看不清这一尘一世界、一花一菩提，摸不到一捆光的肋骨。

为什么风要撕开我们的屋脊，让灵魂找不到自身，它要从申家沟漂向何处。

仿佛，我们的人生是松针，锋利。

又如空气，摇晃而虚无。

（原载《诗潮》2015 年第 3 期）

绳　　索

命运是一条绳索。

套着脖子。

但我们依旧喝，依旧让头颅充满金色的黎明。或者让四肢，接纳苦或更苦的重量。都无所谓啦。于肉体的国，喝吧，喝下一个又一个生命的晕轮。而后祝祷：赋予自己，可以是桃心木，也可以是黄花梨，或者是红酸枝。在豫东平原发芽、开花，结出果腹之蜜。这多么美好。

可，天空长满雾霾，仿若一把把杀猪刀。

上下滚动。

令我们活成卷曲状。灰暗、畸形。

（原载《星星》2015 年 3 月下旬刊）

开 始 老 了

我开始迟缓。变老。

眼花、耳聩，身不由己。

我的周围，鸟巢如墨；申家沟断流，水是我们唯一的恩光，我们的盛宴。一匹马伏于栌旁，它幽微的呼吸吐出多年的苦核与阴影。甲午这年，我丢失了蜡烛、香油灯，也丢失了七宝幢幡。

丢失了五蕴皆空的肉身。我掸去木鱼上的尘土，它缓慢落下。又将我遮盖。

髭须，由黑变白；牙齿脱落；眼神空洞如夜，如夜游神，双手空持百千经文。仿佛，时光送走了一切。

大地龟裂。天空之脸长出了粗糙的老年斑。

（原载《星星》2015 年 3 月下旬刊）

广　场　舞

在城市喧嚣的夜里。

你能否自由呼吸，能否五心朝天，朝向圣洁的一面。

我的双手握不住时光，它有着巨大的黑洞，用什么来填充呢？社区的人倾巢而出，在公园跳广场舞。这幽灵，跳啊；这猫步，跳啊。

这黑色的空气，跳啊。

这空虚的脸颊，跳啊。

五欲六尘，跳啊。

十方三界，跳啊。

跟着奢靡的灯红与酒绿，跳啊。灵魂，总不附体。灵魂犹如一匹迷失的白马。白，至于雪，还不够；白，要至于苍，苍要被苍茫和孤独和漆黑所裹挟。在我们中间四处寻找最佳骑手。

（原载《星星》2015 年 3 月下旬刊）

　　　　　　　　　　　　　　　父亲的黄岗镇

自　白

孤独构成一个圆，大的圆。

我甘心囿于此。与干净的石头、屋檐、瓦松，成为兄弟。并抱着取暖。

如果邪恶的风，吹向这净土。

不放过最后一道栅栏，以及它里面温软的羔羊。我会放空自己，移走多余的骨头和杂质，填充上帝的恩光，涂抹这座没落的城池，并涂抹它涟漪般细小的裂纹。

我暂且默不作语。

令所有的寂静，都是白花花的细软。

都是宇宙雷霆之力。

（原载《星星》2015 年 3 月下旬刊）

赞　　歌

摇一下转经筒，它吐出蜜，与咒符千顷。

这就是你，仓央嘉措。

在经文里沐洗，安坐如莲。这就是你，布达拉最大的王，美如神的王。向善的王，抓不住玛吉阿米的秀色丰盈，温暖如绸缎。白宫与红宫，这无上的美丽荣光，仿佛是你将至的黑暗枷锁。

圣歌环绕着肉身。

忧伤无声，钻入你黄金的膝盖。

那些匍匐的花朵、丰饶的雪山、繁盛的香火，真的难以获取你圣洁的一笑。今日，高原绽出古老的霞光。为你祈祷，并赞美你的灵息，狂狷的爱和自由。以及风吹草低见白骨——神的白骨，穿透悲喜而苍茫的天宇。

（原载《星星》2015年3月下旬刊）

骤　然

就是那漫天的黄沙，犹如斧子。

砍向远山的雪线，以及我们赖以生存的生命的屋顶。万物均被消弭。它不满足，还要砍向我们的骨头，东一根西一根，撒向南疆辽阔的天宇。

剩下一具空皮囊，仿佛是宁静的沙漏。但无法漏去它玄妙的法术。

只有灵魂还想开口说话——

尝试赞美这巨大的苦杯，加冕于我们的颅骨。斟满吧。丰沛的！

我顶！

（原载《星星》2015 年 3 月下旬刊）

一九四二

风吹申家沟，空无一物。

它的空落、混乱不堪，让我认识了荒寂和嶙峋。

我不能轻易取出旧照片，惨绝人寰。黑与白，都是无限的悲悯。那些遇土生根的人逃荒他乡，满面苦艾，泪水盈眶，把羊群赶往陕西，隐没于咸阳古道的天高月黑。还有三百万亡灵在逡巡、游走，浩浩荡荡。固守村野的长者衣衫褴褛，吃观音土和石头，借桃木也追不回自己的魂魄。

这是豫东平原的一九四二年。

黑霜，铺满了辽阔的大地。

骸骨横遍。

万物都不再悲伤了，万物噙着雪片纷纷。

石臼开裂、辘轳腐软。十万道泣血的嘶鸣，飘过了天穹。

（原载《散文诗》2015年4月上半月刊）

第七次写到干旱

当万物不再葱茏，土地龟裂。石臼以浑浊的喉咙，对着天穹空洞的脸颊。

我品味申家沟死亡的骨头。煞白的草木，弥散的悲伤比一个省还大。再也不能独善其身了，我会像雁阵一样，在乌云里发出哀鸣。

布阵，插上旌旗。七十二营里没有伟大的颂歌。

七十二营里坟冢遍野，杂草茂盛。我以西域奇术，让白骨复活过来，俯身挖井、舀水，把斧头绑在天穹上，砍伐巨大的落日，以落日的血，来喂养痛苦的麦田、哑默的豫东平原。而我必先打通任督二脉，并仰脖吞下九九八十一朵天山雪莲。

（原载《散文诗》2015 年 4 月上半月刊）

日　记

　　他们饮酒、刮骨，抽打国之祸水。

　　我把自己放在酒水之外，只饮下这上好的"雪顶含翠"，心怀申家沟的明月和木薯，还有木薯粉。仿若时光是一把斧头，在骨子里劈开，有宗教的气息。仿若溃散的灵魂飞旋进入了窄门。

　　剩下已倾圮的肉身。是一堵哭墙。多么强劲的风，也未必吹到它沉湎于寂静的内部。而落日是我的四兄弟倒空了自己，饮下这个时代的血色肿块。与巨大的寂寞。

　　落日不再是我们的疼痛。只是那十万马头，落满了周身，琴声呜咽。

　　　　　　　　　　（原载《散文诗》2015 年 4 月上半月刊）

行走山河

秋夜如水，如泥沙俱下。

洗着我的脸。

白发滋生，能装满一辆美丽的公交车。

孤独啊，无处不在，倾倒在头盖骨制作的酒杯中。又凉又硬的床板上，坐着的生命那么小，发出叹息。就在这儿思考，我凝视自身：日子，不能盲若石头。

它需要一根闪亮的肋骨。

率先，破笼而出。

让乡愁之孤独犹如粗糙的刨花在黑夜中震颤。

（《时代文学》2015 年 5 月下半月刊）

在一滴露水里闭关

请赐予我莲叶。

何田田，于其上我就要闭关了，小心翼翼地呼吸，敷座而坐。露之圆融无碍，逼我清寂下来，逼我空旷，逼我通透。又逼我放下酒碗和屠刀。逼出了我体内的这只小兽，它的戾气。

这回头是岸。

是金色的梦，透着神秘。

我不悲不喜。嘴里吐出的只有六字真言。太阳一出来，那些闪闪发光的时辰就会触及我。空，触及我。

空相也会触及我。

（原载《时代文学》2015年5月下半月刊）

傍　晚

当我经过。

分开凉薄的空气。

这位在树下静静瘝寐的老翁。

变聋、变哑、变盲。他不必考虑流水线上生产的悲伤，成吨成吨飘落。他好像，不知我的孤独有多大，苦痛占据了几个车间，也不知道我色泽金黄的脸蛋儿上，只是太阳残留的余晖。每个傍晚，我的头颅都长出空酒瓶。

一瓶接着一瓶，灌满尘世陡峭的白沫。我该如何修炼，让孤的肉身如如不动，仿佛春日一钵洁净的云水。

以种种香种种花而落此处。

它圆融的旋涡，安宁得令人窒息。

（原载《时代文学》2015年5月下半月刊）

冬　日

大雪倾落于每一座村庄。

在豫东平原。

我敬慕的神祇退隐，空出的位子好像是一个窟窿连着一个黑窟窿。

它是我们繁生的地方，辽阔而静默如谜。屋顶冒着青烟，古老的洋槐长出白银，白银吹着白银。只有我，冬藏了两亩三分地的经文。

想必就这样过冬：煮茶、写字、读诵、受持。

偏袒右肩，要忍住孤寂、八苦与零下十二度的寒冷。做一个清净者，偶尔打盹，又非打盹，拨弄一下时钟。就像岁月拨弄一下身旁细小的天体。

——这未知的命运之轨迹。

（原载《时代文学》2015 年 5 月下半月刊）

北 国 漓 江

淇河，与黄金共舞。

这诗歌的黄金地带，欢呼收割。

它为良知的诗人捧出：宗教般的蓝，玉杖似的绿，羊群一样洁白而辽阔的天地。它是不朽的水，使自身发出亘古的光、慈悲的光，潺潺而来，让我们的灵魂——

扎根于两岸，而变得丰饶。

与鹤为邻，以杂花、生树、乱石穿空，映带左右。仿佛是神明的一次恩典。

于此，不必丝竹管弦；甚至，也不必曲觞流水。我即可命令残忍的天空远去，并动用溢出的辞赋，犹如甜蜜的果汁灌满我们的袖口和内心：安宁，恰似莲灯，熠熠生辉。

（《时代文学》2015 年 5 月下半月刊）

在异乡打工

在又深又黑的夜里。

这冰凉的街道上。

行人奔流不止，把一张张脸深埋于灰色的尘埃，忘记了穹顶之美。我拥有辽远的孤独，是孤独国的主人。我是庄周梦蝶，聆听体内细小的嗡鸣。

它偶尔泛起的雷电。

扇动不了地球另一端的空气。

想起河南老家：草木，如此清净。风马如此闪耀。辽阔的麦田像绿绸缎，承接了我的灵魂有如飞雪回旋。

我睡在蚂蚁一样的洞穴里。

是酒，睡在贝壳里。

（原载《时代文学》2015 年 5 月下半月刊）

多雨的江南

寒意袭来。

十二月的夜，播洒着恍惚的灯火与黑，色即是空。

悲伤从床铺上袅袅升起，飘满整个出租屋。我端起闪耀的粗瓷大碗，这从河南老家捎来的一只，有三道裂纹。我把泡面和汁液，倒入饥馑的胃，这胃仿佛是天空撕开的口子。

打工：灵魂啊，必然存活于微尘。

家乡距我多么遥远，隔着八个省还不够，还要隔着一条长江、两个湖泊。窗外的草木凋零。

扎堆的草木，躺在多雨的江南里，静若灵息。

（原载《时代文学》2015 年 5 月下半月刊）

从内里迁出的另一个我

我是我的一面镜子。

我是我的一扇门。

我是我的一辆勒勒车。

我是我的一匹马，白龙马，白哩很哩很，身上漂满了黄金一样的欢愉，我从欢愉中涌出，赶着太阳，游荡在天边。大草原呼伦贝尔，像我的整个祖国。呼伦湖，捧出了精致的水槽。我是我的圆穹。我是我的寂静。我是我的黎明。

我是我的团结为一。

一归何处？

我是我的，三十二相，流淌着慈悲之光。

亲吻辽阔的大地的清香。

（原载《时代文学》2015 年 5 月下半月刊）

父亲的黄岗镇

活在干净的人间

黑夜泼溅着什么？

他们的卷曲、偏执，内心的孤独绵延。在小小的蒲团上，我是自己的部落与江山，以草木洁净肉身。以大把的光阴，细嗅蔷薇。闪亮的嘴唇忽然张开。

坐一枝禅香。

我感觉。拥有了平原所有的宁静。淙淙的申家沟婉转而去，每一滴水都是我的亲，每一滴水里生长的万物都是我的亲。

暴雨骤至。

听松子滚落。

——芸芸众生在大千世界里踢蹄，不舍昼夜。

（原载《星星》2015年10月下旬刊）

空　村

我敬拜。

向着广阔的豫东平原。

神呢？在废墟上移来移去，草虫乱鸣。他该如何守住本土的香火、鲜花、梵呗与金顶。神在申家沟，闭上了眼睛。

也没有用。

神在申家沟举起了双手，也没有用。

神在申家沟泣不成声，也没有用。

村庄只剩下三五个老妪，耳聋的、眼瞎的、腿跛的，在这绝望的世界里活着。神穿过她们，像穿过一片衰朽的密林，喧嚷如谜。

（原载《星星》2015 年 10 月下旬刊）

四　月

黎明之光走向它们。

寂静走向它们。

我，我们走向它们。

走向墓顶的花草清澈，向我们绽放。走向麦田，走向露珠，走向露珠里晃动的祖先的脸。这片空无其主的天空，蓝得些许忧伤。申家沟仿佛一个尖叫的伤口，向南迁回，吞没了更多的草木房舍，又吐出来。这不是我表述的要点。

静息一会儿。

向豫东的土地致敬。向祖先，一个个请安。

那些闪耀的青烟是我生命的另一段。

（原载《星星》2015 年 10 月下旬刊）

愿我在尘世

愿我在尘世。

获取一所房子。愿房子里有香木、蒲团。有神龛，可供养。有我偏爱的蝴蝶环绕。愿我在尘世获取一匹白马，它的四蹄闪耀，隐在美丽的草原。我偏爱那父亲的草原，母亲的河。

寂静，从四周降临。

辽阔的蓝，降临。

我听见，明亮的花朵在耳旁绽开。想着想着……这黑色的悲痛之大水，就远离了家园。然而，此时，我坐在平原的屋顶，冰凉，落发纷纷。

生不出一颗细小的泪水。

（原载《星星》2015 年 10 月下旬刊）

归　宿

在这个世界上。

秋天深了。

我不再执刀、云游，唱大风起兮云飞扬，返璞归于河南。我提着红灯笼，细细打量家乡的房屋，每一平方米的寂静。与草木，安于这古老的平原，天苍苍，饶益众生；它的高远和宁静，我只能动用修辞的手法。我要做个良人，画荻教子。

收拾自己渺小的山河。

越鸟，你就巢南枝。

胡马，你就依北风。

灵魂受到推搡，去老死他乡吧！

（原载《星星》2015 年 10 月下旬刊）

好　雪

我曾多次描述的广阔大地。

被一只旱魔之巨手。

撕出缺口。黑色的麦田呼啸着，奔向死亡。洁白的羊群，和我们一起焦渴。马匹踢踏，它闪烁的蹄子是黑夜的漏洞。平原的水啊，高贵如酒。我欢愉是因我欢愉。正如我悲伤因我悲伤。仁慈的母亲哦，在古老的房屋，安坐如莲。

祈祷：雪花从那寂静的天宇落下。

片片不落别处。

这是河南的十二月的冬天。万物——如苏格兰牧羊犬。

伸出舌尖，迎迓一根根白色的骨头。

（原载《星星》2015 年 10 月下旬刊）

清　贫

我在申家沟挺好的。

有一泓清泉环绕着灵魂的马棚——曾那么虚空。

静静的欢娱，丰饶之爱。

开始召唤我和我们。我最钟爱的床衾是青草。素面仰天，双脚插进天空的汤盆。我有，从未有过的知足感。我可饮那纯净的露水。也可嗅那新生的麦穗。聆听马嘶、牛哞、鸡鸣、犬吠。

这黎明来临。

这晌午来临。

这黄昏来临。依次搭在我们升降、沉浮的肩上。飞絮如雪，如清洁之词卷成团，扑向古老的土地和房舍。

四月之光长出手臂，抱紧每一个口吐莲花的牧羊人。

（原载《诗歌月刊》2015 年第 11 期）

独　白

在申家沟，十万黑雀遮天。

蔽不住我孤单的灵魂。

寡人，拙于词令。没有珍藏的黄金碗盏，没有隆隆的谷仓万千，却存活了下来，纯银的须发丛生。以大悲咒，挑拨灵魂的骨刺。以般若波罗蜜，濯洗思想的渣滓又起。把上善的寺庙，搬至体内。把灵息静闪的莲花，植于骨头。

我借明月——这放养的马匹不朽，行于甜蜜的黑暗。

我之外，万物都活得萧瑟。

肉身赤裸，与三千经文缠绵在一起。

（原载《诗歌月刊》2015 年第 11 期）

清　明

这儿是豫东，并不丰饶。

草木万顷，托着祖先贫穷的魂魄，晃来晃去，我知道每一次晃动都是在祈祷丰饶。但我的悲伤是隐秘的，饮水食盐，饮酒就会落泪。饮下泡影之词：大地和天穹，仿佛是两具尸体，卡在了喉咙。

我渴望成为其中的一具。

我渴望自己吃掉自己。

我渴望喉咙成为一个出世的洞口。这冬日平原，它让我疼，三三两两的槐木骨架，抵住西伯利亚的全部寒冷。

抵不住生命的白昼流逝。

（原载《时代文学》2015 年 5 月下半月刊）

去了远方的人

我从未涉足外省。

譬如，大漠、多雪的青海；也未曾去过喀拉峻、鄂尔多斯、唐古拉山口，远方的布宜诺斯艾利斯瀑布。

在夜黑如漆的村庄。二哥开始唱赞美诗，他对光的执念。

让我闭上了双目。

然而，祖父正深眠于桐木棺材，薄薄的一生，一无所有。他的死多么美好，他的死覆灭了癌细胞的全面进攻。灵魂将从雪白的裹尸布里走出，替我周游列国，并化解心灵深处的疼痛，多么剧烈。

剧烈晃动的，不只是我们的肉身，还有头顶的梁柱。

还有朱红的泪水落向尘土飞扬。

（原载《时代文学》2015 年 5 月下半月刊）

天很快黑了下来

当我躺下，腹部长出十万亩雪花。

哦，雪莲花。

有白银的律动。

在这平原的陋室，世界的寂静之处，我可以抓住一切，抓住摇摇晃荡的人间，抓住悲伤与无限的病痛，五蕴炽盛啊。也可以放下，放下三千青丝、一张旧颜，捧出清凉的悲悯之经文，生命的突泉。

我瞥见幽深之光。

感知四维上下的虚空。我摇动所有的经筒，转山、转水、转佛塔，转出内心亘古的秘密。此时，窗外的事物正悄悄腐烂，在黑夜的万丈深渊里，我锁于一瓣瓣的雪莲之中，辽阔而清净的甜蜜之中。

（原载《散文诗》2016年6月上半月刊）

哭 珠 峰

我们的姓氏，我们的名，是珠穆朗玛。

我曾多次诉说。

它在清寂之光里爱它自己，水草爱它自己，牛羊爱它自己，五彩的风马旗爱它自己，一行白鹭上青天爱它自己，秃鹜爱它自己，金黄的青稞爱它自己。一些简单的幸福。

上苍不再眷顾。

永恒地，只深爱着我们干净的雪山与毡房，在骨头里欢跳，在血液里变蓝，变白，变得煞白。雪崩，这令人战栗的词啊。可我们就要走了，怀着古老的信仰和絮语。

去东方。

去西方。

去南方。

去北方。

九百六十个我，不哭啊不哭，手——拉紧了——手，寻找天堂的路。

（原载《散文诗》2016 年 6 月上半月刊）

十 二 月

死亡不过是一根细丝。

它俘了张三，又俘李四。现在正准备俘住王二家的女人：乳腺癌的细胞是湖，倾荡着他家的木头柱子，无可奈何。

十二月。只有众神才能按住村庄发抖的心。

命令大雪。

织成白色担架。

把行将就木的人一一抬走。

驶向丰饶的弧形天空。

（原载《散文诗》2016 年 6 月上半月刊）

纪念祖母她清凉地解脱

每天都有一些事物在消隐。

一些事物在生长。

十二只鸟飞过申家沟，祖母的骨头绿了。祖母绿。那些金色的花瓣绽放在她的墓前。廿年前，月亮照着我们贫穷的屋顶、荒凉的谷仓，照着祖母绝望的眼神、枯干的手指、瘦小的肉身。有些病，咬咬牙是挺不过去的。

它推搡着我们稻草一样的命。

巴巴地活着。

只是一刹那。

一刹那，而已。我相信祖母重新活在各种花开里，含着芬芳，又含着悲伤。风磨损着这平原的一切。

（原载《散文诗》2016 年 6 月上半月刊）

允许我悲伤

我是我体内的暮色。

多么沉寂。

我是我体内的伤口，伤口插入伤口。我是我体内的一根骆驼刺。贫穷是一根刺，多么可耻。漂泊在托格拉艾日克是另一根刺。

我是我体内的一只公狗，拥有公狗腰和雄性荷尔蒙，但我有永恒的定力，不轻易说出对这个世界的爱。我是我体内的精神的王，令万物和枣树共同生长。

又是体内的尘土与空相。

（原载《湖州晚报》2016 年 7 月 31 日）

然我还有孤独

我的欢愉叫申家沟。

叫申家沟的玉米，在天上舞蹈。叫申家沟的麦子，在平原闪烁。何其美好。然我还有孤独，叫落日。

叫顽石。叫榆木疙瘩。叫墓坑，装着祖先的骨头，一根连着一根，谛听人类之哑默的气息。叫老树，叫昏鸦。叫白茅开花，斧头也开花。

叫战栗。

草木和草民不过是一阵战栗，我们做着梦，有毒的梦——哦，是恶之花的梦。叫苟且。叫絮语。叫嘶鸣，叫一匹白马穿过五更霜，是绝望和绝望的总和。

多年来，我对故园唱诵一次，灵魂的金顶晃动一次，泪流一次。

（原载《延河》2016 年 9 月下半月刊）

在暮色中赶路

远山含着仁慈的万物。

我说的是其肉身，它是一个个灵魂的殿。我的双目看到命运的沟渠，需要一步步跳过，你跳或者不跳，沟渠就在那里。

还看到生与死之间。

横着一道奇异的光。在暮色中赶路，是肉身赶着灵魂，还是灵魂赶着肉身。我已疲惫，仿佛整个人间的疲惫从四周塌下。我坐在枣园躲避自塔克拉玛干吹来的沙尘，但必须爱上它，这是一个河南农民的命。

黑夜，如此空旷。

播下良善的种子和星群。覆盖远山静默，如谜。

（原载《延河》2016 年 9 月下半月刊）

遥　　想

遥想青岗寺的金顶。

金顶上的安宁与辽远，一只乌鹊歇息，是无限个黑的一部分。遥想棘古村的莲池，一对蝴蝶交媾，看不见高洁的心。谷水清澈，在三年前隐入一抔黄土之中。

活着：

各自紧靠着他的轮盘。

各自紧靠着他的透明的前定。

在豫东平原的麦田里，我们躬身劳作，驮着落日——日不落。不说新生，不说消亡，不说万物唱诵。

说，与不说。

我们都是哑默之物！

（原载《延河》2016 年 9 月下半月刊）

在申家沟，我像梭罗

我在申家沟像梭罗。

在瓦尔登湖，回归合和的自然。

一琴无声。

桃花飘着异香，但不是桃花阵。涓流，犹如金色的绸缎，奏着永恒的圣歌，终古如斯。于此，我诵出最美好的祷词：免了我们的债，如同我们免了人类的债。我觚筹与自己，并交错。我学画画，画梅兰竹菊。做四君子，做四君子的主人。

我热爱草木和麦田，热爱篱笆和狗，星群和罗盘。热爱生活中的每一刻都在靠近灵魂的银河，神赐的。没有风暴。

（原载《延河》2016 年 9 月下半月刊）

苍 凉 如 水

从豫东至浙北。

无端泪涌。

一千三百里路的云和月，落脚的每个点都是小小的悬崖。在黑色的出租屋，我动用七平方米的孤独刺绣、刺江山，刺自己的白骨头闪耀着光芒。

我秘密地写作。

与一盏灯，异乡的。

互吐苦汁。

眷念那些孱弱的庄稼，大豆、玉米、番薯，荒凉地存在。收割之后的田地裸现灰白的牲畜，它们的眼中闪着泪光渗出一种巨大的孤独。让孤独组成海洋围住我一生伤口的宁静。

（原载《延河》2016 年 9 月下半月刊）

经　过

落日经过我们。

经过我们的屋顶。

我们的绿树，村边合。我们的羊群辽阔。它构成的黄金布匹，缓缓盖住了一条叫申家沟的河流，盈满蜜汁。龙葵、苘麻、决明子在两岸纷纷吐出花朵，扑向苍茫的天空一动不动。只有三五个闲暇的村妇，瞥见。

不赞美。

也不诅咒时光。

她们谈论遥远的丈夫，与平原的麦子，就要熟了。我看到的，一张张安宁的脸，涂着针尖一样细小的幸福，不可说。

和炊烟的色彩。

（原载《延河》2016 年 9 月下半月刊）

天 之 涯

风吹乌鹊，密集的。

正把穹庐拉黑，它们是托格拉艾日克最高的王，虚无的王。我牧着雪白的羊群晚归，落日如驴蛋。和维吾尔族姑娘，并让其胸口牧我，换一种姿势，以芳唇牧我，暗暗地震颤。

颠沛至此。

仿佛是苦涩的圣途。抽烟、饮酒，修剪枣树，我是其中的一株，有自己的尖锐和信仰，朴实的肉身不放弃在风暴之间绽开细小的甜蜜的花朵。

神赐的花朵。

在黑夜凶猛的南疆闪烁。

（原载《扬子江》2016 年第 6 期）

瑞　雪

在黄淮平原。

在一片静谧连着一片静谧的棘古村。

我的小火炉，逸出温暖和祝词。我的羊群涌动，但每只羊都是一个圣洁的语词。灰暗的天宇开始倾倒瑞雪，兆丰年。

我们接受恩赐。

并祈祷，黄金的谷粒高过芡子三尺。我满上蜀黍酒，一饮而尽，忘记了远天远地的蜀国。我瞥见村外的谷水，它慢了下来，挽着八百亩田畴的手臂，凝成神的美丽的璎珞。

哦，这浩荡的雪。

犹如花针。

绣着我们日益丰饶的家园。

（原载《扬子江》2016 年第 6 期）

丰 收

太阳倾吐黄金。

铺满申家沟。

哦，麦子熟了，在五月。涓流倾吐花朵，花朵倾吐蜂蝶，蜂蝶倾吐神的絮语。远天倾吐蓝和羊群。

我倾吐丰收的喜悦。

那是四点一刻的黎明，镰刀挂着辉光。我撂倒大片大片的麦子，尘土高溅。我让颗粒归仓，归于人间最干净的芡子，我对每一粒麦子暗暗衷情。我预感到，申家沟将是我一生的金帛。

倾吐永恒的精神的典籍。

（原载《扬子江》2016 年第 6 期）

远　山

远山微云。

远山已倦于无限的金黄，遍覆穹顶。我认出了昆仑神，并活在其庇护中。沙尘从白鞋子升起。

沙尘暴从脸部升起。

为了一株枣树开花，结果，我必须从柔软的腹内取出汗水和爱，一根尖锐的骆驼刺。

它深扎。

千回百回。

此时，我的虚怀充满人类之苦，不悲不喜，且相信未来的石杵，把小小的肉身捣成幸福的糊状。

（原载《扬子江》2016年第6期）

河　流

在最小的申家沟，我们拥有古老而辽阔的平原。

草木吹着草木。

如同悲伤吹着悲伤，倾斜于风中。

一只乌鹊在青岗寺的尖顶伫立，静静俯视——村落如洋葱：雾一层，泥泞一层，色界与无色界各一层，一层裹一层。

那个在虚无之处行走的人。

忘记了整个世界。

她空茫的眼圈内，落叶四散。五月的黑麦子与草棚，浸泡为一。这条捉摸不定的河流，对着她，有时开裂，有时澎湃不已。

（原载《扬子江》2016 年第 6 期）

外　省

穹顶之下。

没有故乡的风吹来，只有更多的，一滴一滴的霾，突然抓住了我的双手。在南方，我是一台机器的俘虏，哦，又像冰凉的机器一样活着。

我想在十平方米的出租屋，设坛讲经。

题写——

寺庙，河流，平展的麦田与竹外桃花。

葡萄啊，径自奔向我的眼睛。莲花，径自奔向我的头颅。这个世界，只剩下寂静。让我与万物之静美，交融一会儿，就一会儿。

作为一日中最美好的时光。

（原载《扬子江》2016 年第 6 期）

新 的 一 天

最真的颂词。

献给青岗寺的佛。

庇佑我的永恒的家园，是豫东，是黄淮冲积而成的扇形平原。那个仁慈的僧人，头顶慧光，他转动一粒一粒的念珠，沐洗内心的铅华。

我想到了霾。

想到了霾包围的人类，突然落下了泪水。

此刻，我在金色的黎明中，远离喧嚣。我崇敬的圣殿，散出奇异之香。合十的手掌，几乎触到了穹庐的蓝。

（原载《扬子江》2016 年第 6 期）

居江湖之远

在南疆。

在托格拉艾日克。

我安顿下来，种下两亩三分地的桃花，它的燃烧即是无常。我隐藏了权笏，闲静少言，对诸事不悲不喜，不过于执着。

莽莽昆仑在身前。

塔克拉玛干、塔里木在身后。它的辽阔，让人自在。双脚长成寂静的圆木，渴望黎明的金手指抚摸上下。我喜爱盯着走走停停的白云，它在等待什么，是什么拖住了什么，和贴于穹顶的雄鹰。我是自己的上帝和国度，亦是自己的十字架。是自己的废墟，亦是废墟之中的残余。

其实，每一只羔羊亦是。

必须原谅这个世界的飞沙、走石，种种疼。

（原载《扬子江》2016 年第 6 期）

玉树留芳踪

它一开口，就是美妙的颂词。

它一动念，便体会人间的无常。

但它选择珍贵的凝神。一只俊鸟，它要做孤独园的主人，集合鲜花、清泉和甘露。哦，我遥念甘露寺，在城市很远的地方，不闻人语。一只俊鸟拥有世界上最纯洁的双眸，洞悉尘寰。还有精致的羽毛，浮动着晨曦之光。

时间啊，卷起了永恒的馨香，在其脚下。

树树庙宇。

叶叶菩提。

我相信春暖花开，真的可以见佛：渗透于万物。但必须向俊鸟学习，把身体里的芒，和刹那生灭的悲喜一一拨去。

（原载《华人时刊》2017 年第 1 期）

父亲的黄岗镇

翻　越

触摸宝顶。

我就触到了世间的冷暖。

点燃三炷香，我就唤回遥远的神灵。我可以翻越沟壑，草垛，泥泞的道路和沧海。但我不能翻越人类的叹息。

我的形象接近稻草人，它在风中不念过去，不思未来。它不悲不喜，没有五蕴之苦，但有一天它会倒在垡子地里，成为雀之巢。

每一个人都是世界的尽头。

尘埃的尽头。

听不到誓词，唯有苍茫。

（原载《星星》2017 年 2 月下旬刊）

忆河南兄弟

夜幕降临。

神抚摸着托格拉艾日克的黑色的背。万籁俱静。

最忆是河南兄弟，这群盛世中的蝼蚁，在低洼处推着豫东平原的天穹移动。今夜，我心生杂念，无法闭上双目做美梦。我有自己的狭促，不能唤醒这个人类，不能救赎我的兄弟，他们守着故园白色的残骸。像无语的草芥，在贫穷生长贫穷的地方。但他们心中有道德律与崇高的信仰。

当银钩轻轻走过最高峰。

我们共同晚祷。

我和我最珍贵的源初步入肉体。

（原载《星星》2017年2月下旬刊）

坚　守

我们活在致幻之地。

活在欲海鼎沸的托浮中。

而我学会了吃素，怀有一颗素洁之心，柔软且散发出仁慈的力量。在我的视线中贪嗔的人类，多么可恨。放下屠刀吧，圆满无上大菩提。我选择逐水草而居。

只有在水岸我才能回到本真。

只有在水岸我才可以洗沐人间的恶，才能看清自己。那些名与利不过是空无的轮廓。我坚守我的珍贵的信仰。

不是一生一世。

是永生永世。

（原载《星星》2017 年 2 月下旬刊）

明月几时有

这一夜，我在托格拉艾日克。

迎迓月光。

布满了整个世界。月神浸透于万物，无论不义，还是身患麻风病的人。我的体内长出十万座尖顶，生辉，弯向最美的故地豫东平原。父亲如往昔摆好了碗筷，静悄悄的。

他守着他和他们的孤单。

他守着他和他们的宁静。

团圆桌上，空空如也的位子是一个忧伤的裂口，等待远方的儿子把它抹平。父亲没有哲语，也没有辞令，但他有无限的怀想和嘱咐。

月光照着故乡的我，也照着异乡的我，兀自站立于西域边塞的苍茫和辽阔。这一夜，不应有恨，因月神如大鸟栖落在我精神的尖顶。

（原载《星星》2017 年 2 月下旬刊）

偶　得

尘土，无足轻重。

把我们隐于幽远。

它是我们通向天堂的唯一的门。尘土是门。在央塔贝克什，没有古人，也不见来者。我孤独地唱着黄金般的赞美诗，但并不孤独。每唱诵一句，肉身就长出一副十字架，飞出一只白鸽。它非常圣洁。

哦，果子挂满了枝头，是神的恩泽。

时间虚构的我的生命。

满怀感激。北方的兄弟啊，其实我们是赞美诗中的一个个音符，闪着飘柔的辉光。

（原载《星星》2017 年 2 月下旬刊）

信仰之歌

在永恒的故园，我的父土。

我的痛楚没有岸，是的，没有边缘。但在每一个时辰，我都感恩习以为常的一日三餐。我信神，它是我生命的亮光。伤口中可以长出细腻的芽儿，盛开自在的花。

万物是肉身的轮廓。

正如尖顶和四维上下的时空是灵魂的轮廓。

我歌唱黎明的震颤。歌唱钉痕的手，遮过平原上所有的苦。此刻，晨祷的馨香降临于我和我们凉薄的屋顶，并慢慢滴落。

（原载《诗潮》2017年第4期）

源　自

多次唱诵的申家沟，它的黄金经卷还在。

香雾缭绕。

我的欢愉源自其神示的宁静。自在，源自简单，如榆木疙瘩。我必须原谅这个黑黝黝的世界，源自对它的深沉的爱，我爱那柔软的部分，譬如一朵仁慈的梨花开在古典恩泽的豫东。

福杯满溢，源自我可以免了人的债，如同基督可以免了人类的债。

此刻，我拥有灵魂。

是因为我自己。

与草木有着同样的血液和素心。我愿做一株麦子，麦田中籽粒最饱满的一株，仰首人间。麦芒上闪着神赐的拂晓之光。哦，我所有的丰饶，源自深深的甜蜜的水：申家沟的水。

但我无法洞悉其入定时的样子，退藏于密。

（原载《诗潮》2017 年第 4 期）

此　刻

此刻万籁俱寂。

悲伤是体内的殿，孤独是另一个殿。在托格拉艾日克，我有滚烫的汗水，双手长满茧花。

它们痛苦地盛开。

我最眷恋申家沟，和申家沟的十字架，及其上面的白鸽。父亲在三月的故园，把日子过成一株艾草，既苦涩，又苦涩。有时把日子过成一束光，是因其礼拜时洁净的恩泽。我依稀看到大风吹过豫东平原，一只蚂蚁，犹如父亲更紧更紧地抱着枝头悲喜。

槐花不落。

但我们不能遗忘。

我们都是黄金经卷中不可涂抹的一页。

（原载《诗潮》2017 年第 4 期）

　　　　　　　　　　　　　　　　父亲的黄岗镇

天　路

世间，其实没有生与死。

只是超越生与死的灵魂卸下了沉重的躯壳。它升高，高过人类的阴霾和碎语。譬如，仁慈的祖母生于忧患，长于忧患，曾哭诉屋漏偏逢连夜雨。但她选择在黎明之光中开启另一扇门，与神为邻。

在永恒的平原，永恒不属于生者。

它属于醒着的草木与河流，终将带走其松散的肢体，但不知带至何方。此刻，祖母安歇在美丽的棺木中，仿佛不曾经历过人间的幸福与疼痛，只留下嘱咐和祷词庇佑我们的精神的家园。时间因我们的悲伤而停止了一秒。

晃动了一秒。

我们在短暂的唏嘘中，继续为稻粱谋。

（原载《诗潮》2017 年第 4 期）

申家沟，与神最接近的地方

拥槐花的清香入怀。

在人间四月。

但我们身陷泥淖，像浸泡于农药中的果蔬。身子还能开出自在之花吗？唯有手持经卷，将一颗素简之心融入清净的圣乐。我们追赶孤独的神，与神絮语，并拽紧神的美丽的璎珞。

我们在精神的圣地豫东平原，日日耕作。悲伤的深潭，高于麦田苍寂，但低于神祇。所有的涓流匍匐成祈祷的姿势。

草木，了无挂碍。

牛羊，怡然清净。

（原载《散文诗》2017 年 8 月上半月刊）

父亲的黄岗镇

穿过雨幕

我看见了树上的神。

我看见烟火是静谧乡村的一部分。我看见摇曳的果实闪现在苹果树的枝头。穿过雨幕，我仿佛穿过清晰的伊甸园，谛听圣乐。此时，雨水在草苫的屋顶歌唱。我不讨论粗鄙的屋顶，我只赞叹我们活在神的庇佑里。在恩泽的土地上，播种麦子，是一种至真的欢愉。

隐于豫东平原，更多的时候我练习禅定。

但不关心人类。

因人类是人类自己多余的渣滓。

（原载《散文诗》2017年8月上半月刊）

启　悟

生命的源头是什么？

什么也不是。

是虚无，是一种无息的清静。比如我的源头是申家沟，它清静又无为。天蓝得可以用来裁衣，水清得可以用来供养菩萨。我能感知每一类物种活得都有尊严。比如草长莺飞，牛羊按时归栏。当我荒莽时，我可以奔赴青岗寺，我相信举头三尺有神明，我双手合十，在敬畏中回到源初。

回到朴素的真理。

我们消逝了，真理永恒。

（原载《散文诗》2017 年 8 月上半月）

塔克拉玛干

它是我的一只泪水全无的眼睛。

嵌入西域。

并望向深邃的天穹。

那里没有倾轧，贫穷与悲苦，只有静息的灵魂隐居。其实我只是边陲上的一个黑点，让大风吹过，双臂落满尘埃。呼吸、行走，运用自己的力量。

但我总想着：人间何时才能充满永恒的蜜汁。

远处的昆仑山，在夕阳下。

犹如圣体。

发出慈悲之光。

（原载《华声晨报》2017 年 11 月 16 日）

我有一壶酒

在南疆静谧的夜幕下。

我翻阅金黄的经书，又缓缓合上。

我执一壶酒，仰天大笑，但我不是酒中仙。我命令春暖花开，众鸟发出奇妙的唇语。我命令诸神吐出舌头，赞美我的凉薄的柴门。我命令自己把一壶酒喝下，把壶也喝下。不许悲伤。

而我什么也不能命令。连自己的蓬蒿之躯也不能命令。醉生梦死的今夜，苦念浮动。

我爱人类，又不爱人类。

仿佛，我是从净界走出的一只羔羊，于无法洞悉的黑暗中咩咩地叫。

（原载《辽源日报》2017 年 11 月 25 日）

大　　雪

倘若灰色的天宇放下：

便是散落的雪。

这银色的经文飞舞在豫东平原，从柳河镇到黄岗镇。失修的寺庙，没有金顶。崭新的教会，只见白鸽。从安宁的土壑到安宁的麦田，我朴素的家园。

终于滞缓下来。

牛羊归栏。

雪越来越紧，这神的密语。

覆住人间万物的肉身：闪着刀斧之光。

（原载《辽源日报》2017 年 11 月 25 日）

我 们 唱

时光如此潋滟。

比如，在偏僻之美的申家沟，我们手挽手唱着满是神恩的赞歌。什么也止不住圣灵的沛降。它安抚着我们柔软的生命，且真爱每一寸肌肤。

我们吮吸甘泉，于荒漠中放逸和祷告，每一日都是新的人，喜乐的眼神，望向蔚蓝又自由的天国。

我们大声唱。

与时间和人类的忧伤抗衡，令其卷刃。

（原载《辽源日报》2017 年 11 月 25 日）

赞　美

在祖国静穆的一隅。

申家沟展开了神的美丽的璎珞。

可它选择隐入无语。神在穹庐，不生不灭，但能感知其慈颜，俯视着我们安宁的肉身——是宝顶，由金黄的落日加冕。我们远离城市的鼎沸，自给自足。比如我们啃吃原生态的苞谷，穿粗布衣，染上天蓝。我们折腰于涓流，流溢奇幻。

和马匹奔跑在开阔的草滩。在豫东平原巨大的夜里我们趴伏于地，唱赞美诗。

像赞美诗一样干净。

（原载《大河报》2017 年 11 月 30 日）

己 吾 城

这是我的庄严的故地。

我的圣洁的源流。

我只说己吾城，安谧如初。天光照耀着亘古的女儿墙，它的上面开出奇妙的花，黄色黄光、赤色赤光。

在豫东大地的春耕中，浮尘掩面而起，梵呗从青岗寺的大殿飘来，多么接近我要的圣境，又有谷水清澈地环绕。我和黄土筑就的发光的城池和哑默的父老乡亲有共同的血脉。我对这平原的爱永恒，哪怕生命的时光渐近杳渺，须髯皓白。

我愿匍匐于此。

凝望神的尖顶，高高耸起。

（原载《大河报》2017 年 11 月 30 日）

暮　光

暮光照着平原的秋之屋顶。

我望见一群慵懒的人拍打着臀部，从草垛里坐起，像从灰烬里坐起。他们的骨头抓着申家沟的一片荒凉和永恒的寂静。

咯吱吱响。

到时候了。

尘土湮没了脖儿颈，还剩下沉默的嘴巴、鼻子和墓坑一样的双目。唯有麦田，哦，一口粮食，是他们的甜蜜之母。草叶障目，也障住了他们的肉身。已与灵魂分开，并隔了多个秋日。

（原载《大河报》2017 年 11 月 30 日）

立　冬

立冬，一群迟缓的羊群。

抱紧了草滩。

其中一只是我，以羊的眼来瞥视豫东平原。我看见飘逸的云朵，心无所住。我看见亘古的涓流，它是它的一面镜子，清浊自知。我看见众神的仁慈，聚拢于庄稼之上，庄稼在无尽的土地之上，无尽在不增不减的悲喜之上。我要告诉每一位耕耘者，颗粒圆润。这就是恩赐。但我看见的一些实相，并非实相。

比如，即将看见还未看见的申家沟，必戴上雪的面具。

是圣洁的面具，还是白色可怖的面具？嗯，我一思考，那不种也不收的飞鸟，就在黑屋顶上嘎吱嘎吱地笑。

（原载《大河报》2017 年 11 月 30 日）

自 白 书

我的朋友是陌生的自己。

我从镜子中取出自己的灰头土脸，柔软又虚无的灰头土脸。双目中有他自己的八千里路云和月，也有他自己的湖泊。有时这个陌生的自己会仰起脸，迎迓黎明之光。在美丽神奇的故园。

杏花开得任性。

桃花开得也任性，像前朝的皇贵妃。

而我是一株野草，任尔东西南北风。我只管对着自己唱诵，在泥淖里芬芳又闪耀一下。

（原载《大河报》2017 年 11 月 30 日）

归园田居

其实是与桃花饮酒

与桃花里的仙子饮酒。

与另一个裂出的自己饮酒。但不许饮酒落泪，不许说出肉身的五蕴之苦。申家沟的水说不上清与不清。但它的天空蓝得没有边际。每一朵桃花都是中国古老的红。

三月，万物开始唱诵。

而我独爱这朴素的平原，浪漫的蜂蝶，自在的牛羊，这美丽的生命惊艳了时光。于此我选择归园田居：调素琴、阅金经，与宁静的草木融为一体。

是的，是这十里桃花洞开了我的虚怀若谷。

（原载《大河报》2017 年 11 月 30 日）

三　月

当黎明的花束盛开。

我的灵魂在她的身上歇息，又环绕。我爱上这位绣花的女人，以荷尔蒙爱她身上的浅草，涓流和密林，散发出奇妙的清香。我不能自拔，亦不愿拔出来。

我们融合为一体，静静地喜乐。

而凉薄，在屋顶之上。

孤独村边合。

孤独包围着广大的人间。但我并不是悲观主义者。当一瓣唇重叠于另一瓣唇，一颗心重叠于另一颗心，就是一生一世的温暖。她织布来，我细细耕田，举手摸到申家沟的蓝。

（原载 2017 年 11 月 30 日《大河报》）

风 吹 南 疆

塔克拉玛干的风。

卷着黄沙。

跃过众神遗弃的村庄：苍茫。我独立苍茫。

跃过葡萄架、枣园和我的孤独又沉重的肉身，与黑木耳一样黑，与黑木耳一样喑哑。这漂泊之苦算得了什么。但我总会在仰望时祷告——恋着纯粹的水，阳光、木秀于林，恋着每一个仁慈的生命。

哦，它吹向了大昆仑。

吹向浮世的虚无，辽阔与混沌。

（原载《大河报》2017 年 11 月 30 日）

在昆仑山北麓的枣园

雁阵飞过的枣园。

硕果累累。

让我感觉到世界的仁慈。九个月的时光，我囿于枣园。被大地阴森，哦，如其良心充满，我丧失了言辞。每日抄经、读圣训，抱朴守拙。让塔克拉玛干的黄沙环绕双肩，让一棵喇嘛杆刺入生命的软肋。

远山微雪，倾吐着十万涓流。

我倾吐十万眷恋，我的托克拉艾日克，我的利万物而不争的玉龙喀什河，肃穆杳然。一座圣山，它的巍峨高出生死，而我们于生与死之间苟活。只有在十月，才能找回自身的尊贵和意义。

但我们是一根杵在大地上的木桩。

早晚被时光拔掉。

（原载《大河报》2017 年 11 月 30 日）

大 沙 河

　　大沙河，被打磨的天穹之镜。

　　从中我望见屋宇、金顶，丰盛的土地上万物依着自己的思绪奔腾不息。此刻，是四月的清晨。不可思议的白云真的很白，它是风的羽翼，还是风是它的羽翼？葛天公园里，我出没于浓密的叶簇，必然嗅到刺玫的花香。此刻怡悦，不堪持赠君。

　　我的山河啊。

　　无恙。

　　岁月静好。

　　我的宁陵是一马平川，长满了喂养人类的麦田。低眉歌唱清净的河流，仰头我畅饮天空巨大。

　　　　　　　　　　（原载《大河报》2019 年 10 月 16 日）

鹿　苑

　　我看见灰色的鹿群正缓缓现身，壮硕、自在。是平原上的光芒。是动词。

　　它们的奔跑。

　　带动世界运转，我听到地轴嘎吱嘎吱作响的声音，我感到时间的存在。孙迁寨此时花开，千万只蜂蝶在梨园飞滚，但我看花不是花。

　　看雾。

　　亦非雾。

　　看鹿，是真真正正的鹿。七只，偶尔也停住脚步，好像头顶的天穹静止。那一对对耸立的鹿茸在蔚蓝中闪烁，多么美丽。没有人类的刀子卷刃。恣情欢谑吧。

　　　　　　　　　（原载《大河报》2019 年 10 月 16 日）

登金顶阁

登高怀远，我暂且忘记了宠辱和劫数，参悟草木。地球是身体，是身体的一部分。是虚妄，也是虚妄的一部分。鸟在空中衔着巨大的天空飞行，它无心，可不知疲倦。

俯首我看见万亩梨花。

和雪。

混淆了一谈。好像一个人无眼，无耳，无鼻，无舌，无身，无意。欲辨，真的已忘言。

耕读者在白梨花下诵着诗书，大学之道在明明德。遥想远古的范文正公，家计于宁陵。是进亦忧，退亦忧。走正道的人路上也有沧桑，也可能为大水所漂。

但有白日在金顶开示，清澈的额头呈现在人类面前，散出古仁人之心的光芒。

（原载《大河报》2019 年 10 月 16 日）

父亲的黄岗镇

运 粮 河

运粮河，是一条道。

秩序井然。舳舻千里，流淌其中的爱别离、怨憎会，有时会突然占有我们。从汴京到杭州的途中，有老子、孔子、墨子，这些舌灿莲花的人，为我们寻求一个道。老子的道，水利万物而不争。孔子的道，知者乐水。墨子的道，江河之水非一源之水也。我信这是人类最真的语言，如此美妙。

我的怀想顺着运粮河向南，管庄村是东京梦华的一部分。船上的粮食、丝绸、茶叶、盐、花石，皆是天地珍贵的恩赐。

我看到水色。

天光。

共蔚蓝。一条洁净的道，映照着茫茫平原，如智者精神的烈焰。填充我们思想上的漏洞。

（原载《大河报》2019 年 10 月 16 日）

卧 龙 湖

在清晨。

执笔写下平原的水村渔市，声香味触法皆是人间的虚词。唯有草壑尤美，三两棵槐树真实不虚，它借助风、土、水、光，不断地成就自身，完善自身。

万物如此。

人亦是如此。

槐树开出的花，真的是槐花。蜜蜂嗡嗡，采出的蜜真的是槐花蜜。这湖水如画，有时让沙鸥翔集，有时令锦鳞游泳。好比瓦尔澄湖，我们诗意地栖息于此，以鸣声洗耳，耳根圆通。做庄子，做庄子梦中的一只蝴蝶，或鲲鹏飞于天际。青天在湖水上，青天在湖水之下。

这不重要，重要的是青天在人的心目中，不被世俗的风吹浊。

（原载《大河报》2019 年 10 月 16 日）

梦中我回到陇上桃花源

1

匍匐于山的脚下。

我诵着经文。

必须让经文成为我一生的阴凉。天蓝得真的没有杂质，盛放的花朵犹如一盏盏供灯，散发出赤色赤光、黄色黄光、白色白光，摇曳在蕙风中。此时此刻的我，站在觉知的草木间，双手合十。

既没有过去，也没有未来。

但有一种向上的力量在攀缘。

2

其中最生动的是白龙江。

我称之为圣河。

我看见两岸的白云悠悠，飞鸿自在。我听到悦耳的鸟鸣。我濯足。我清洗蒙尘的双目。浪花有意卷起千堆雪,涛声即梵呗。

这是人类之土的血液,流淌于我精神的花园。

我不能两次踏进同一条河流,但我以水为乡,篷作舍。心无挂碍,心中干净如莲。

3

我凝视它的清净。

那些翠色。

是时间的头发。现在是四月,蜂蝶翩飞。我站在高高的山冈上,想到爱、包容和超越。我想到自身的狭小。

辽阔和智慧就在我的身边。

我的嘴巴唱出永恒的诗句:天似穹庐,笼盖四野。我如一只大鹏鸟,金翅在天宇舞蹈。

4

尘土合着尘土。

手掌合着手掌。

在舟曲,我转动经筒,转山转水转一轮明月,照耀在塔顶。我点燃一炷香,我是草原最大的王,仁慈的王。我的殿里充满了光。

我有明月之心。

我翻读的每一页经文皆是灵魂之羽。

灵山就在我的心头。我交出眼睛，盲若石头。我交出耳朵，让其清净。我交出多语的嘴巴，熄灭一切杂念。

5

万虑皆是空的。

在亘古的土地上，留下许多脚印和烽烟。这里扼甘松古道之咽喉，曾经喧嚣的故址归于宁谧。战争啊，撕裂了多少美好的家园。

时间宽恕了一切。

白龙江的浪花淘尽了英雄。

白发渔樵江渚上，依旧在木筏上转动身躯，他们晃动的脸孔显得幸福无比。我向这和平年代表达无限的爱意。

6

在金色的黎明之光中。

博峪河畔站着人间最美的采花姑娘。我愿与这美妙的空间联系在一起，我愿是一株转世的桃花，焕发出新的生机。亲爱的，你是另一株。我们的枝柯交错。

灵魂卷成一团。

我欢愉，是因为我欢愉。

我们疼痛，哦，我们没有疼痛，那是桃源之外的事情。
我们美好地生长，举着蓝色的穹顶和鸟群。

7

从一粒沙开始。

看世界。

看我的十万顷草甸覆盖着积雪，看春天的妩媚和莺飞，
看岩石对人类灵魂的寄托多么崇高。让我在于此安静地休憩
一会儿，敞开紧闭的心扉。我采一朵格桑，我追一只蝴蝶，
我是一位纯净的少年。

远处，草地上有三只白羊，埋头啃草。

一只黑羊望着它们仨。

我感知这伟大自然的恩赐——多姿多彩的草木。

8

我的四周一片叮咚。

泉水护佑着古老的县城和舟曲十四万儿女。我的梦中出
现了九十九泓清泉，蜜一样的泉，每一泓都清澈无比，每一
泓都那么美丽。

我以清泉充盈我。

父亲的黄岗镇

我以水草充盈我。

我以花儿充盈我。

我以经文充盈我。

我以梵呗充盈我。置身于舟曲，空气中弥漫着馨香。如果生命回旋，我愿再见。我愿在一层一层的泪光中，选择歌唱。

9

这是生命的净土。

与神灵最接近的村庄。

我梦见过。梦见过归栏的羊群，梦见过展翅的雄鹰，梦见过唱歌的卓玛，梦见过骑马的汉子，梦见过拱坝河。梦见过执经筒的老人，质朴的脸上飘落着雪花。我瞻仰的每一株草木皆有佛性，它们团结在一起。我多么喜欢这不忘初心的虔诚，阳光沐浴着美丽的村寨和万物。我饮下一碗罐罐儿茶，脱掉假我。

与群树婆娑。

心中升起的希日神山，是一座真正的神山。

（原载《散文诗》2019 年 12 月下半月刊）

过千菊茶庄

每个人的内心都住着一个茶庄。

每个茶庄都植着一种花草，但我独爱菊之佳色，与浓密的黄金结缘。九月，我在岳家湖畔，邀三五挚友至此。

虚怀。话桑麻，论古今。

自谓葛天氏之民欤。

白鹭铺天盖地。天，是我想要的那种蓝。

之于陶潜，菊花是一个悠然的词。之于黄巢，菊花是一个奔腾的词，暗含杀气。之于李清照，菊花是一个凄凄惨惨的词。之于我，菊花如亲，是一个净而圆满的词。我希望人间没有浮尘，皆是净土。我希望世界没有残缺，皆是圆满。

曲终了，人散了，酒杯亦干了。我才意识到千亩菊花才是茶庄的主人，散出奇异的真香。一粒香随一粒香，十亿粒香随十亿粒香，在风中滚动，覆住村庄、田野和苍宇。

我们是其过客匆匆。

过军陈遇油菜花

所趋。

是必然的，在八百亩的油菜花地里，金色金光的海追赶着蓝天。十二个穿旗袍的女子。

如彩蝶。

于摄影师的镜头里闪烁。

她们在通往美的途中、善的途中、真的途中，卷起了风暴，从不同的角度照亮村庄。这古老的军陈，曾经的金戈铁马、铁板琵琶都飘逝在历史的烟霭之中。在今天，我们望见的是春和景明，黄鹂藏于叶底，白鹭上于青天，发芽的发芽，开花的开花，结果的结果。摇曳的摇曳，生姿的生姿。我希望从这浓重的油彩中悟出生命的哲学与真谛。

从蝶恋花中走出。

很难。

保持心静如玉，像范公一样不悲不喜，宠辱皆忘。只能微微地醉，闭目感知豫东平原的万物之丰饶和幽香。

（原载《商丘日报》2020 年 4 月 3 日）

在赛里木湖遇见的美好

1

我起身。

以十二颂歌。于此，我只认识平静的词语。

我看见岸草岑寂，蝴蝶飞于大湖。我看见牛羊生长在天上，抱成一团。穹顶是绸缎一样的蓝，真的不能错过。我的骨子里长出了未曾长出的良善和水草之心。

奔跑，向着圣水。

那一刻群山浮动。

我的眼睛噙着灵魂之泪，因一万亩明艳的花朵，它们的欢乐歌舞，将大地丰饶。

2

湖天一色。

向尘世渗透清凉。

　　　　　　　　　　　　　父亲的黄岗镇

四周是种种花儿团结在一起，为赛里木举起十亿杯甘露。犹如五十六个民族为祖国祝福。骏马啊，你慢些走啊，慢些走。气势磅礴，让一颗心忽然有了挺拔的力量，忘却了泥土的苦涩。

十亿只白天鹅在湖面欢愉，是闪光之冕。它们自在自游，我亦自在自游。它们歌唱，我亦歌唱在寂寥中。我的瞳孔出现了整个天穹之镜，可鉴人类。

荡胸生起了层云。

我喜欢这神圣的洁白，不挂纤尘。

3

它给我海纳百川的启示。

辽阔，没有边界。

正如一个人的胸怀超越了悲苦和恨，不诉沉疴。蓝色的赛里木湖，永恒醒着，是庇佑之源。比如，一滴水在脉管里流淌仿佛神迹运行在里面。

我的骨子里，有未曾使用的慈悲，开始使用。

有珍贵的九品和道德律，开始踏足人间。烟波浩渺，是神明的一次抻展。

谷雨茶叙：从前慢

1

它成为我的宗教。

一块小小的净地足够我虚怀：品茗、填词，把一只壶认作安谧之源。我拒绝喧嚣，收拢分崩离析的肉身。我看见阳光照于茶几，一缕有思想的光可以普照人间，比如恩光。于此我退回到从前慢。

无动于衷地欢喜，与人话桑麻。

听越调。

每一缕天籁回旋，都是对万物的唱诵。

2

各个物件皆有仁性。

几只小钵。

究竟有多丰富，我也说不清楚。我愿在小钵里种几株兰

　　　　　　　　父亲的黄岗镇

花，以兰为友。我遥想生命的源初，坐等它的枝繁叶茂。一钵开出赤色赤光，一钵开出黄色黄光，一钵开出青色青光。它们的妙香充溢我内心的虚空之城，正如良知。

且让我远离虚妄的江湖。

活得丰沛一些。

3

犹如银色的经文落在眼睫。

是一滴雨。

润物无声。它启示我——高尚的心灵源于奉献。来吧，在茶叙中感受人间的尊贵和伟大。来吧，放下万千思虑，让灵魂安于古朴的宅邸，没有誓言。我感触到尘世的静穆与美好。

我缓慢生长。

像一棵香樟树。

伸出手臂，接纳雨的仁慈和清凉。

别知己

——冬日送公涛兄之任商丘

像一个夜晚。

与另一个夜晚，黑漆漆的。我说的是你的双目如此深邃。身体里藏着仁慈的殿，以爱照拂着辽阔的葛天大地和大地上的一草一木。在你与我之间。

似有灵犀的。

一点通。比如，授我以罗盘。骨头和血肉有了归处。

世界一下子有了今昔，人有了人的样子，春山可望。我也可以煮酒论英雄，在边村，执起铁板琵琶唱大风。是你拨亮了我生命的白光。此刻，允许我借古人的长亭，谈谈天气和我们永恒的友谊。无边的落木萧萧啊，鸟鸣真的惊心，是犹如一支箭穿心而过。允许我的泪水突然滂沱。

兄台，吟鞭东指即天涯，咫尺天涯。唯一怀念的方式是以你的训言铭刻于心。见与不见，念就在那里，是一生一世。

父亲的黄岗镇

柘　城

九月，在秋高气爽的黎明之光中。

在朱襄氏圣地。

闪烁着丰饶，四十万亩的三樱椒美出了境界。一串串的红，是时光的丝帛。一串串的红，是亘古的乡愁。一串串的红，是丰收的喜悦。一碗椒中藏着世界，和生活上的真谛。所谓启悟，是绽放于味蕾上的香辣。

天地有大美而不言。

游容湖，这平原上的纯净之水，守着巨大的秘密。

访朱襄氏陵，其精神的烈焰，映照着淳朴又闪亮的豫东儿女。于此，我赞美明亮的植物：三樱椒，它以热烈为浮世取暖，为一座千年古城谱写火红的篇章。

日　月　湖

　　我走了，日月湖。

　　止不住它自己的澎湃。

　　我真的不想返回肉身：长满黑色的枝柯。生命犹如这湖水，很难说清浊。枯木已经逢春。

　　待我成尘时，白太阳伸出白色的手臂。

　　待我成尘时，蓝月亮化为一具精美的凉纱轿。我从凉纱轿中坐起，我发出唇语，我发出手语。我让野草春风吹又生，开出馨香的花儿。让湖水的浪涛卷雪。

庄 子 故 里

游心于无穷。

在庄子故里，在黄河故道的生态廊道。

仰望鲲鹏飞升，翅羽托举着向上的力量。于此耕读，传家。半边锅里煮乾坤。一台冰柜中藏着大千世界，在新鲜的果蔬中，描述饕餮的幸福与欢愉，歌唱年轻的生命与爱情。

饮葡萄美酒，每一滴都充满慈愿。

读《南华经》，每一个词都闪烁着恩光。

愿您爱上这古老的精神的典籍，清静无为。在无为的最深处，不谈韶华易逝，只与十月的龙泽湖相拥。岸边的十万簇黄叶，幻化为十万只蝴蝶，为谁翩跹而舞。

睢　州

神圣的望母台升出湖面。

它高于人间。

仿佛宋襄公的眷恋，就是这汪洋。天空蓝得没底，团圆在天空的众鸟多么惹人爱怜。我携老扶幼，同友人丝竹管弦。我们的欢愉是没有车马之喧。

在时光的尘埃中。

宋襄公拥有孝道善美的心灵，如莲花洁净地盛开在豫东，如一道恒久的辉光。湖波荡漾，发出圣贤之音，甜蜜而奇异。

湖畔绿得没有边沿。

　　　　　　　　　　　　　　父亲的黄岗镇

宁陵金顶谢花酥梨

金秋八月。

有梨为人间上品，它自带光芒是金色的。所有的河流回到清净的本源，包括古宋河、毛张河、申家沟东沟，秋色连波。我担水砍柴采梨果，名为金顶谢花酥梨，无非妙道。梨行里有小径，薄雾轻锁。我不会迷，我有无限的清醒装作糊涂。我悟了自度。如果迷了，就寻找三人行必有我师焉。

我饮酒，听箫鼓。吃一口宁陵梨啊，真是得哩很。

不哀时间之须臾。

不羡长江之无穷。

只看那，肘歌演员在良辰好景中虚设。卸妆之后，爱恨情仇都化为炭火的白灰烬。唯有十万亩梨子长得真实，圆满如功德，在秋风中安抚采摘的手。劳动的手显露出手的核心真实义。

申家东沟

若来。若去。

若有。若无。

我说的不是如来，是一条河流的支流究竟无我，它养育了两岸的十万人家。这里的金顶碰着星海，星海连着星海，垂向辽阔的大地如恩光。我仰望，如此深邃。秋风原上，发出机器的轰鸣声。

是密集的旋耕耙。

在旋耕。

我们之所以存在是因为我们应当存在，是因为有肥沃的土地，潺潺的水，宅边青桑垂宛宛，那洁白的羊群是洁白的火焰给身体以庞大的温暖，于此养生丧死真的无憾也。我敷座而坐，在申家东沟以东，闭目也能感知到古老的陈楚之风习习，土人敦厚。这是我必须保持的姿势。

父亲的黄岗镇

陈 两 河

人不能两次踏进同一条河流。

我把陈两河，看作浑圆的一体与天地，通达古今。以不变者而观之，人还是那个人，河还是那条河，牛羊啊还是那群牛羊。站在河畔，我极目四天垂。

一只俊鸟在夕阳外。

降伏了我的心。

它于树的枝条上晃动，枝动它不动。它修戒定慧。它看着这个颠倒的世界和耕耘的人类。似看非看。它发出清脆的鸣声，真的悦耳。我想到鸟宿池边树，老僧敲开月光下的门。那门是实实在在的门，也是空门。他合十的手掌举向眉心，举向一条河流本自清净，它顺势而为。

倘若没有挂碍。

直抵大的江河湖海。

废 黄 河

映着一小块夕阳在平原上守口如瓶。它曾有天地境界，远上白云间。但现在，它回到了自然境界，又细又小。

与三两棵烟树。

相伴。它是黄河的一滴好水，遗落在宁陵。它隐蔽在自身的岑寂中，岑寂而缓慢地流淌，一会儿出，一会儿没，一会儿出没无常，驱动浩浩天空。上有黄鹂发出清脆的妙音。

以好水，造好酒。名为张弓。

但不允许贪杯。以好水，泽被大地上的万物，万物皆有仁性。一条旧河，是我身体里非理性的部分。

如黄淮大地捧出的一枚贝叶。

闪烁着幽幽之光。

　　　　　　　　　　　　　　　父亲的黄岗镇

清　风　塘

莺穿柳带。

牛羊著了相，只啃新鲜的青草。我读四书五经，悟做人的微密。有些人看不见塘中的水，只因水没有颜色。但能看见一叶扁舟轻帆卷，我确定扁舟上的老翁，不是打鱼的。因为水至清则无鱼。他在修，朱子的道。坐，陆子的禅。

能否齐家、治国、平天下，不好说。但他一定扔掉了内心的斧头和斧头帮。与清净的水同体，灵魂已被一行白鹭带上青天。天青得令人跺脚。

好像。

让他一人所拥有。三月的清风有良知，徐来。吹向一花一世界，一叶一菩提。吹向老翁归于潜默。在水中遇见真实的自己，一点也不虚的自己。

古 宋 河

　　我在日常中垂钓，钓菩提，钓明镜，钓衣钵，钓不住一物。本来无一物。不羡大的江河湖海。把酒——

　　不问青天。不话桑麻。不沃愁肠。

　　把酒，洒向古老的土地。

　　与河流，它必定流经春秋时的宋国，这个国君的慈悲高于日月。但我只看到金黄的玉米、大豆归于粮仓。奋五谷，脸庞上流淌着喜悦的泪水。我鼓瑟。我吹笙。我学林中的鸟，鸣声上下，顺乎自己的天性去绕树三匝。我坐忘，不求古仁人之心。我御风而行，如果看见破损的人心，就以纲常来修复。我想到伟大的训言，心怀崇敬。

　　静了。

　　我的平原上的村庄，感觉不到彻骨的寒冷。唯有光影浮动，归栏的羊群咩咩地尥着白蹶子。

清 水 河

清水河，静水流深。

梨花岛，大美无言。

当我们凝望二十万亩梨园时在九月，金黄的蜜语围拢着房舍。净的水。净的土。净的空气。

成就了每一个善果。

我们拂去心灵之尘，心无挂碍。我们护佑着丰饶的平原，正如平原护佑我们。居于长寿之乡，采菊于东篱之下，时光好慢，好像在等着灵魂，我们真的感觉非常幸福。于此，万物回归它自己的位置，我必须赞美。

我看到披雪的额头，一个人。

在清风中走成一支队伍，踏遍茫茫的宁陵大地。

黄 河 故 道

逝者如斯夫。

但我信奉我的存在和存在主义，也信奉我的不存在，也就是无我，是的我将无我，无小我。这是伟大的圣辞。

天籁、地籁、人籁，如同一个个圆圈。我站在圆圈之外，听万籁而不被万籁的余音所绕。我看见了黄河之水天上来，看见它奔流到海真的不复回，双手抓不住一滴。抓不住的还有很多，实相的和无相的。

我仰观宇宙之大，有的鸟集体主义。有的鸟个人主义，它依附于树梢，它是它自己的风景。展望未来，我是唯一，且存在于当下的一念，由无数个一念组成。

此刻，我把手里的青秧插满田。

我们男人，我们和爱着的天地一体，如此亲密。低头便见水中的蓝天，我称之为宁陵蓝。

太 平 沟

取一瓢水。

洗脱。

体内的戾气、颠倒、分别。其实是用一瓢水洗心。结庐在太平沟的草畔，没有车马之喧，我受持读诵，时时拂拭。让自己混同于苹花，风吹苹花，苹花动，但我如如不动。

片帆高举。

从何处来，又到何处去。

我还看到细细的涟漪晃动着金色的光芒，一只白鹭鸟濡沫着另一只更小的白鹭鸟，多么温馨。作为太平沟的人，活在惊人的寂静中，甘其食，美其服，安其居。

人与自然。

与宇宙的合一。

是我们永恒不变的追求。有时能听到古老的葛天氏之乐从天上飘来，乐其俗啊。在草畔洗心，其实是让一颗心，致良知，在出世与入世间取一个黄金分割点。

见天地与万物

1

过去的梅花不可得。

现在的梅花不可得。

未来的梅花不可得。

其实是一颗心耽于幻象。一树一树的梅花啊映着铁佛，如此美丽。佛，无所从来。

亦无所去。

我们念心经，让心无所住，住就住在梅花的枝头。但梅花过于执着和热烈，如火烧云，如对整个世界的爱。它的躬身就是良善。梅花不允许梅花开到墙外，但奇妙的香味儿不断生成，继续生成。就要逸出了寺院。

2

古梅陪伴着。

她的从容、岑寂与祥和。在最冷的季节，铁是凉的，但我能从一块铁上触到最真最美的部分。尽管千年的风雨慢慢剥蚀，她仍是一盏干净的灯。接引漂泊的灵魂找到回家的路。

梅花如蝴蝶。

梅花映彻天地。

梅花纷纷扬扬，落在了铁佛圣洁的肩头上。许多梅花还原成菩萨心。

庇佑人间微尘，一粒也不能少。

3

独自开。

独暄妍。

占尽了千年古寺的风情。它凌寒，但依然新白抱新红，如一幅画。古梅的花瓣在空气中起伏闪烁。细腻的香，将精致的寺院如杯子，斟得太满。心中有信仰的人不绮语，也不诳语。只愿在这里虚度一会儿时光，低头便见水缸中的天，比蓝还蓝。

古梅唤醒最早的春。

俏丽于南太湖，却没有私心杂念，一丝也没有。它不争，但不负韶华，是非成败转头空。

4

在宝殿，我升起了清净。

是心，升起了实信。我信八万四千法门，我信：是法平等，无有高下。我信总有一条道，通向门。

我信慈。

与悲，超越了生死。

我信佛引着心灵就可以获得崇高的安宁。我信从前的慢。信宝殿上歇息的白鸽，会含着泪水，时不时发出梵音安抚苦苦的人。我信因果，哭笑轮回。我信佛的眼睛似睁非睁，庄严而温柔。觉者沉默。

我信每个人的身体里都有一座宝殿，在鹅毛大雪中屹立。

5

我们与池花有着相同的呼吸。

一呼。

一吸。

但它们出淤泥而不染，开出青色青光、黄色黄光、赤色赤光、白色白光。

四种妙莲都托着圣辞，花开如初。见天地与万物，见众生与自己，皆是最初的纯净。花开的声音就是菩萨的声音存在于大地。

有时我们听不见，但它真的存在。所谓池花，即非池花。

6

江南的树叶一片片落下，唯有铁佛寺的红枫，每一片叶子都合掌向佛。

连着佛光。

普照。

不参与怨憎会、爱别离、求不得和人间是非，只呈现一颗热血沸腾的心。

它风清气正。

侧于西山，与天地同和。大殿内有人在敬香，有人在诵读，有人在坐禅。但没有人感到世间的冷。

7

上善若水。我说的是井水，也是净水。古井不空，偏居一隅。其实空才是它的真相，就是那么空，那么静。

铁佛在。

它就会一直在。

一视同仁地对待众生和花草，皆有佛性。

把井里的水提取出来，是海。我说的是，一滴水里也可以看见大海。一滴水也可以让草木生辉，也可以洗净黎明。同时使我联想到对一滴水的珍重，头顶净空。

状元井安坐于此五百年了，如如不动，见证着善男信女的悲欣。

不可说。

8

我不是觉者。

但有一种神秘的力量，饶益着众生。在铁佛寺我看到善与恶的真理于灰白的石柱上。

散出光芒。

它立在宝殿的右侧，想与有缘人说话，让有缘人悟出"不二"的法门。它驱除丑陋和恐惧，它练习禅定，让时间和草木也禅定于此。法师赞宁、皎然、高峰、蕅益、明学来过这里，诗人苏东坡来过这里，书画家赵孟頫、吴昌硕来过这里。

煮茶，凭栏，小窗浓睡。求无上觉，求一颗心的寂静，刹刹圆融。

我在想，为什么我也会站在这里，隔着万水千山，来看那时光吹开的细密的经文真实不虚？它在等我。

附录

点评、推介及授奖词

1. 点评、推介

马东旭的诗更多来自与现实的叩问和对话之中，他笔下的故乡人世和异乡路上的城市景观都沾染上了咸涩的味道。这些由故乡构成的简洁而有力的木版画，黑色与白色成为这方空间的主导，时间的锈迹正在人生的锉刀石上蔓延。

（霍俊明《"80后"为中国诗坛提供了什么样的版图》，载《诗选刊》2009年8月下半月刊）

马东旭对乡村生活的表达很是深入，诗中有些微的暖意，又有淡淡的哀伤。可以感受得到，在马东旭的身上，有着申家沟蝴蝶翻飞的灵光，有申家沟老马的蹄踏和申家沟母亲的孤寂，还有申家沟天穹的湛蓝和申家沟草根下灵魂的呻吟。他对今日乡村或者叫故乡的吟咏深深打动了我，让我身上血液的流动不能平静，有闪电撕裂夜空的疼痛。

［单占生《中原诗风的根脉与现在式状态（代序）》，载《河南诗歌2011》］

马东旭以自己渗透灵魂的悲凉，喊出底层社会疼痛的民生。甚至不无自嘲地表示某种饮鸩止渴般的热爱。

（灵焚《主持人语》，载《诗歌月刊》2012年第10期）

散文诗是诗，要善于发挥语言的魅力，在马东旭的作品中，语言的多彩多姿，瞬息万变，以及由于这种多变带来的美感，是很强烈的。你看："清如许的眼睛，很美。哦，她的贫穷也很美""我也很美。雪压平原，也很美"，这种无所不美的几近"疯狂"的"喃喃"，以其不可遏制的感情力度，震撼了读者。

（耿林莽点评《豫东偏东》，载《文学报》2013年3月21日）

申家沟令我们想到莫言的"高密东北乡"、徐俊国的"鹅塘村"等作家的文学符号。它们之中应该存在着某种相通的东西，但又各有差异。它是真实的，又是虚构的，有着神秘的魅力。它既是一个地理性的文学坐标，更是一个精神密码。作为真实的申家沟，它是作者故乡附近的一条水沟，可作为作者故乡的代称；作为虚构的申家沟，它是一个意象，承载了乡土的豫东的历史的民族的宗教的神性的特殊内涵，是诗人赖以生存的精神家园。马东旭的语言简洁、干练、飘逸，极富诗性和美感。诗人极言家乡之美，又直面生活中的苦与痛，写出了豫东特有的民风民情，也写出了深受儒释道浸润的民族性格，痛并快乐着的看似矛盾的生活本质。

（王幅明《因热爱而聚集起来的一群——河南散文诗漫谈》，载《文学报》2014年7月31日）

豫东平原和申家沟成为马东旭多年来的诗歌地理。他的勇气在于冷峻，他似乎用历史之后的目光把他日日相伴的申家沟审视成一幅幅黑白照片。

（周庆荣《怀念我们自己的精神胎记》，载《大河诗歌》2014年夏卷）

《祭念汶川》是我看到"悼亡诗"非常难得的一个作品。有别于那些纪念汶川大地震的空放矫情之作。从《祭念汶川》可以看出：马东旭对苦难题材的驾驭能力。这是中国散文诗发展值得欣慰的力量。这章作品所贯注的悲痛、博爱和神性，是其核心价值所在。他在文字里倾注的对自然万物与心灵神性思考，以及所喻示的敬天敬自然的信仰，是值得称道的。

（黄恩鹏点评《祭念汶川》，载《发现文本——散文诗艺术审美》）

好的诗人，或在觉悟之中，或走在觉悟的路上！艰辛的生活，苦难的经历，生死的考验，亲人的离去，都是诗人顿悟的法门，让不屈的灵魂找到一个缝隙，在欲望燃烧的红尘中找到通向开悟的出口。中原地区历史厚重，思想古朴，生活艰辛，人情纷扰，在简单与复杂交错的日子中，东旭保持一颗敏感而质朴的心。人非生而知之，诗人并没有沉溺于生命细节的刻画与临摹，而是走向了对生命终极体验的质问与思考，生命的列车是要把我们送往慈悲而美丽的天堂还是黑暗的犁沟？对一个"敬鬼神而远之"且缺乏宗教终极关怀的民族而言，我们对于信仰、使命、爱的深度思考比较匮乏，诗人以其诗性笔触牵引我们去思考，逐步让我们坚信，一定还存在更大的疆域，盛放人间称为爱的忘川，等待大家的皈依。

（爱斐儿点评《祈愿书》，载《2015年散文诗选粹》）

我们在马东旭的笔下，看到了一种类似作家阿来笔下的西藏往事，更确切地说，是我们在《尘埃落定》这部著作中得到的一种关于宗教社会中底层人民的生活与精神状态的印象，与我们在诗人所描写的关于青岗寺及豫东平原的片段中得到的印象，有一种质与量上的等价性，我能够从数行散文诗中所获得关于一块土地上的信仰、人情、风物和命运的概念，并不比我在更具体的一部小说中获得的少。

（章闻哲《"塔格式"与散文诗的抽象》，载《山东文学》2016年4月下半月刊）

马东旭是地域写作的成功者，他的"申家沟"已成为河南文化地理的一张名片，他以散点式笔法推进，以局部带动整体，更多长镜头效果，将厚朴与苦难同时推拉，同时将热爱土地的灵魂缓缓升起，宛若夜空中高悬的明月，清冷中有明媚的恩慈。

（薛梅《"我们"引领"大诗歌"时代的到来》，载《文学报》2016 年 5 月 25 日）

马东旭的散文诗篇幅都比较短小，诗人很少在具体的事件、事物上纠缠，而是将很多具体的事件隐藏起来。诗人挖掘的是现象背后的诗意和启示，是表面之下的潜流与本质，因此，他在词语选择、语言建构、段落设计甚至开篇、结尾等方面都下了不少功夫，他的诗意的流动不是流于文字表面，而是像一股潜流，于跳跃的语言缝隙中流泻出来，有时有一种喷射的力量，有时又像泉水般渗出，让人感受到一种内在的涌动。

（蒋登科《故乡与他乡，处处可寄情》，载《延河》2016年 9 月下半月刊）

作为一个 80 后诗人，马东旭的散文诗宁静、笃定、自然，诗中还流露出一种禅意。虽然诗歌语出自然，诗人又将自己抽丝剥茧，从偌大的生活之网中抽离出本真的自己。对于散文诗，最重要的是把语言的魅力发挥到极致。《不舍昼夜》这组散文诗，其语言是飘逸，极富诗性和美感的。在这多姿多彩的语言中，诗人驰骋自如，很好地驾驭着手中的桨。这组诗来自诗人对现实的叩问，写了乡村的沉寂、现实的苦痛。全诗通篇主旨在于回归本真的自我，寻找心灵的故乡。《活在干净的人间》中，我即世界，世界如我，我和世界的风物水乳交融。我安静下来，于是成了自己的王。以草木洁净肉身，听松子滚落，颇有一种佛家尘化，寂然常照的世界。《空村》中，作者展示了现代人在故乡与生存之间踯躅，对村庄文化的渐趋尘封表现出了极大惋惜。《愿我在尘世》写尘世的天伦、家园、自由的眷恋和不得的悲痛。《归宿》里，诗人放下了尘世的执念，多了一份潇洒与不羁，众水汇流，又需要什么预设呢？

（何文霞点评《不舍昼夜》，载《2016年散文诗选粹》）

　　马东旭是我至今尚未谋面，十位诗人中最年轻的一位。微信里见过他的照片，生得干净而纯朴，感觉还很谦逊。他是河南商丘宁陵县一个农民的后代，将幼子放在老家，只身远赴新疆和田地区种植大枣。他在异乡的天空下为生活劳碌奔波，而他独特的"富有神性般"精神取向的散文诗，令他这几年在散文诗界赢得了极高的声誉。若干的学者开始关注并研讨他"在灵性与神性之间"的散文诗写作特色。我的约稿他是在为种大枣而搭建的工棚里完成的，诗人对画作深度进入后的阐发，"相信春暖花开"以及"把身体里的芒""和刹那生灭的悲喜——拔去"让我久久玩味而视作一束"神赐的花朵"。

（王慧骐《诗与画的邂逅，会是怎样一番景致》，载《华人时刊》2017年第1期）

马东旭散文诗写作的出色之处，也许就在于回应现实又超逸现实的神性写作，他的神性书写为我们提供了一种宗教般的情感体验，时而又超越人性，而注入自己独特的灵异体验与准宗教性的情感元素，为我们构建了一个博大、旷远、澄明、无瑕的自然与神秘的文化精神，以及充满神性魅力的通灵世界。

（崔国发《神示的诗篇：佛心观照下的精神对位》，载《大河诗歌》2017年春卷）

马东旭业已成为当代散文诗领域一个重要的存在——他持续地以贴着土地的负重前行和神驰八极的凌空飞跃，给"活在致幻之地。活在欲海鼎沸的托浮中"的我们呈送厚重而又轻灵、深沉而又清澈的心灵歌唱。由是，马东旭成了一个推进散文诗文体宽度的深耕手，一个提纯汉语现代性的实验员，一个汉语文学话语权王国的侵入者。

（范恪劼《代言而立：在灵性与神性之间》，载《华声晨报》2017年11月16日）

马东旭用汗水和坚持向读者诠释着为了什么梦想而奋斗，在作品中讲述了许多家乡申家沟的人、事和美丽、简单、艰苦又期盼新生的故事，歌颂自然、亲情与人性美。尤其是那闪着幽微的光芒在情感深处挥洒出山乡的空寂与恬淡的诗行，沁出一缕缕悠然，禅性及逆风无畏的毅力，让我看到了经历宗教、文学、异地谋生的重重洗礼，一路走来的诗歌创作心路历程。

（林明理《马东旭的盼望与出路》，载《亚特兰大新闻报》2017 年 12 月 8 日）

读东旭的诗，读出了他一颗纯粹的心。申家沟是他整个血溶生命的开始，是他悟出的和毫无选择的生命故地，他毫无掩饰地感叹，是"凉的""苦的"，也是"幸福"的，这是他最深沉的爱。

（郑南川《用骨气写诗的人》，载《路比华讯》2017 年12 月 16 日）

马东旭，一个对故土有复杂情感的诗人。通过"姐姐，我在南疆"告知姐姐，他居住在离神最近的地方——南疆腹地托格拉艾日克。他身处异域，却垦殖了一片枣地，视其为自己的上帝和国度，也是他的十字架，包裹着他犹如臂弯般温暖。我们可以看出诗人对这个地方的喜欢，与其说这里是他的生命驿站，倒不如说是他栖息的精神圣地，在这里经历的一切都会是他珍贵且特殊的生命体验。在诗中，诗人运用反复、隐喻等手法来点缀全诗，"我需要的"反复出现，表明了诗人内心的真切希望，需要的是"灵粮""妙香""圣洁的里塘"。"连着"动词的反复运用，构建了诗人的生存境况，犹如臂弯一般温暖美好，也让人感受到诗作的节奏韵律美。马东旭的散文诗并不是单纯地描绘南疆，而是注重表露诗人在这里的纯净。居住在这里，诗人并没有漂泊孤寂之感，反而着迷于妙香和灵粮这样的事物。诗人感觉自己在这里受着"神的恩泽"，做着躬耕之工作。不同程度上折射出的是诗人对于生命的思考和对灵魂的捍卫，运用纯净隽永的语言将诗人的意志和审视表现出来，给了读者一股强大的张力，一种穿透时空的能量、值得读者反复咀嚼和品味，短小精悍的语言传递出的是让人为之动容的情感。

（李云超点评《姐姐，我在南疆》，载《2017 年散文诗选粹》）

马东旭对他的故乡和精神家园完全诗化了，风雨，飞雪，还有一切的亲情。亲情和故乡的泥土融化在诗意里，用非凡的感觉升华了故乡的泥土，更是升华了亲情。申家沟，诗人感觉中的申家沟，将会成为我国散文诗创作的一个标志性意象符号。

（李传申《大话葛天诗群》，载《商丘日报》2018 年 6

东旭的散文诗正是运用舒放、自由、缱绻的散形文字，表达了他心灵的"激情"和"梦幻"，然而其内在的底里，却是浓重的、颤抖的"良心的惊厥"。

（苗雨时《良心的惊厥》，载《大河诗歌》2019 年秋卷）

马东旭无疑是 80 后散文诗创作产量最高的作者之一。从散文诗集《申家沟》到《父亲的黄岗镇》，从近作组章《与姐姐书》到《葛天笔记》，马东旭无一不在用自己真实的生命历程，指认人间情感世界的浓烈，对故园和亲情的虔诚守望。马东旭曾暂居过新疆托格拉艾日克，虽然他将托格拉艾日克也喻为故乡一样与神最接近的地方，但灵魂始终在漂泊。因此，他把南疆风貌、在南疆的孤独和迷茫写给姐姐听时，实际上是写给故乡听的，他就像豫东平原放飞的一只风筝，无论贫瘠还是富饶，都有一个结实的线柄在牵系着他。因此，真挚，或者说真，是他作品的核心，也弥足珍贵。

（语伞《青年散文诗观察》，载《文艺争鸣》2019 年第11 期）

2. 授奖词

《大河诗歌》第三届中国·大河主编诗歌奖授奖词：

马东旭的散文诗深沉凝重，极富张力，对于底层苦难的深邃思考与深切关注，使得他的作品自成一家，异于常人。马东旭以满怀悲悯之笔，诗写底层之苦，人生之难，他笔下的申家沟，成了中国苦难农村的一个缩影。

《扬子江》诗刊2016·扬子江年度青年散文诗人奖授奖词：

马东旭的散文诗情韵真挚深透，诗思浓郁幽远，文笔精纯。他以悲悯的情怀打量尘世平庸的生活，力图呈现生命本真的状态与内蕴着的神秘光环。他游弋于故乡与此在两处居所，在多维度的时空中考量存在的现实意义和日常生活的琐细，这无形中打开了其散文诗的书写维度与情感向度，从自然中洞悉人性的辉光，从记忆里延伸亲情与故土的审美意味。过往与当下，交融在笔端，如一条古韵河道流淌在现代都市之中。

河南省散文诗学会首届优秀成果奖授奖词：

出生在豫东平原的马东旭仿佛来自另一个尘世，坦开慈悲的情怀，菩萨的心肠，以散文诗的形式用饱满的灵魂写出对家乡一瓦一屋一草一木的真爱，垂怜天地万物像银河垂于地。我们在其散文诗中窥到了真实的纯粹的文人世界，存在主义与浪漫主义熔冶于一炉，率性而为，时而低调平和给人清净的自然状态，时而恣肆汪洋给人向上攀缘的力量，又力图为我们寻找一个对抗孤独生命的法门。他写父亲的黄岗镇，写母亲的青岗寺，写姐姐的无助和隐痛，写天上星辰的散尽，写静虚之心，写神游，在现代散文诗中杂糅地使用一些古代汉语，并借鉴西方对语言的表达思维，亦禅亦儒亦道，于多维空间中铸造了独具个人特色的言说方式和审美品格，在时下纷杂的诗坛中具有一定的引领性和创新性，一系列的作品道出了世间冷暖、颤抖的"良心的惊厥"，以及对尘世的期盼。申家沟是马东旭多年来致力于建构的诗学地理，是当今乡村的一个缩影，河南文化地理的一张名片，唤醒了乡愁记忆，也将会成为我国散文诗创作的标志性意象符号。

　　　　　　　　　　　　　　　　　　　　　　　父亲的黄岗镇